LA BELLE DE JOZA

KVĚTA LEGÁTOVÁ

LA BELLE DE JOZA

Traduit du tchèque par Eurydice Antolin
avec le concours de Hana Aubry

LES ÉDITIONS NOIR SUR BLANC

Ouvrage publié avec le soutien du ministère de la Culture
de la République tchèque, pour la traduction.

Titre original : *Jozova Hanule*

Originally published in Czech by Paseka, Prague

ISBN 978-2-88250-201-8

1.

Je savais tout par cœur. Un immeuble de trois étages à deux entrées, chacune donnant sur deux rues perpendiculaires. J'entre par la première coiffée d'un béret, je sors par l'autre avec un foulard. Troisième étage, la porte face à l'escalier. Deux noms : Aleš Dobřanský, Emilie Fojtková. Sonner trois fois. De l'intérieur, un bruit d'aspirateur se fait entendre. Je tire l'enveloppe de mon sac et la glisse sous la porte. Je ne la lâche pas avant d'avoir senti deux à-coups. Quinze secondes.

Je descends par l'autre escalier. Dans mon cabas, il me reste quelques petits pains et du beurre de rationnement… de la margarine.

Si jamais des difficultés se présentent, je dois me débarrasser de l'enveloppe.

Les difficultés ne se présenteront pas. Jamais elles ne se sont présentées.

Jeu exaltant dans lequel j'avance protégée, suivant un tracé sûr.

Je n'ai même pas à me concentrer sur ma tâche. J'ai dans le sang une précision d'horloger.

Des gouttelettes de bruine me refroidissent les bras. Mais ce pull roulé en boule dans mon sac, je ne le mettrai qu'après.

Si j'avais un miroir devant moi, je me verrais sans doute

sourire. Je pense au visage de Richard au moment où il m'a tendu l'enveloppe. Il y avait de l'angoisse dans ses yeux. Pour la première fois. Dieu te protège, a-t-il dit. Le souvenir de ce qui nous sépare m'a plus touchée que ces mots semblables à une prière. Richard est protestant, Frère tchèque.

Moi, je ne crois en rien.

Je marche paisiblement, sans un soupçon de peur ni le moindre pressentiment. Pourtant, au fond, je suis d'un caractère enclin au trac, condamnée aux crises de panique. Heureusement, elles passent vite. C'est lors des examens que j'ai vécu ma première crise, avec accélération du pouls et mains moites. Richard était compréhensif, plein d'indulgence pour cette pause qui m'était nécessaire afin de me redresser intérieurement. Il ne m'a jamais fait l'affront de m'encourager.

Peut-être l'ai-je surpris par ma ténacité. Il a trouvé en moi son cheval gagnant.

Dès le troisième trimestre, il m'avait proposé une place de stagiaire et nous nous rencontrions de plus en plus souvent. Avant même d'avoir pu m'y attendre, je me trouvai plongée dans le torrent d'un sentiment incontrôlable.

« Je vous aime bien plus que je ne le devrais, fillette. »

Cela m'avait transportée jusqu'aux plus hautes cimes, si bien que je m'étais mise à suffoquer, à manquer d'oxygène.

Le mari d'une autre femme, père de deux garçons. Ça, ça aurait dû me faire redescendre, mais non. J'apprenais combien peu de pouvoir on a lorsqu'il s'agit de prendre une décision seul, pour soi-même. Avec quelle légèreté j'écartai tout cela d'un revers de main !

Mon objectif du jour, l'immeuble de trois étages, je l'ai vu de loin. Collée sur la façade, comme une giclée de sang, une affiche portant les noms des exécutés. L'époque s'empourprait. *Vous avez appris aux nations à parler la langue des gueux*, a écrit Vančura [1]. Exécuté comme « otage ».

J'entrai par la large porte, celle qui donne sur la rue où cir-

1. Vladislav Vančura (1891-1942). Médecin et écrivain, il est arrêté en 1942 par la Gestapo parmi d'autres otages exécutés en représailles à l'attentat contre Heydrich à Prague. (Toutes les notes sont de la traductrice.)

cule la « shalina », le tramway de Brno. Un petit pain émergeait, c'était calculé, du cabas que je balançais avec nonchalance.

Ma répétition de routine auprès de Slávek me revint à l'esprit de façon déplaisante. Quand je lui eus tout récité, il m'avait demandé encore :

– La solution d'urgence ?

– Les Otycha, à l'entresol, avais-je psalmodié d'un ton aigri, je leur apporte des courses, je suis leur nièce.

« Qu'est-ce que tu as, Slávek ?

– Rien.

Il se transformera en bureaucrate sec.

J'ouvris la porte et entrai dans le couloir. Avant même de l'apercevoir, j'avais entendu ses pas. Il descendait les escaliers face à moi.

Je ne l'avais jamais vu et pourtant je le reconnaissais.

L'air devint épais. Panique. Devais-je disparaître ? C'eût été un aveu. Je réprimai la pensée délirante de n'être ni poursuivie ni rattrapée. L'anse du cabas me collait à la main. C'est peut-être justement ça qui m'a fait me ressaisir. Je porte des courses, j'ai à faire ici, je suis l'une des locataires.

Je voulus donner à mon sac un insouciant mouvement de va-et-vient, mais mon bras engourdi refusait d'obéir à mon commandement.

Alors, il fallait avoir des jambes. Descendre trois marches, vers une porte sur laquelle se trouvait un judas et qui était déjà entrouverte.

– *Guten Tag*, salua-t-il.

Est-ce une illusion ou a-t-il véritablement une expression d'indifférence ?

– *Guten Tag.*

J'avais passé l'épreuve avec brio.

Que fera-t-il quand je commencerai à feindre de déverrouiller la porte ?

Je sens son regard dans mon dos. Est-ce qu'il attend ?

Mes pores s'humidifiaient sur tout mon corps. Un scalpel. Pourquoi n'ai-je pas pris un scalpel ? Autre pensée délirante.

Je comptais minutieusement les secondes, car, dans l'irrationnel où j'étais en train de sombrer, quelque chose faisait que c'était important.

Si je devais choisir entre une mort instantanée et un coup d'œil en arrière, je choisirais la mort.

Je n'y voyais plus, la sueur inondait mes yeux. J'enfonçai tout de même mes doigts dans l'interstice salvateur et m'aperçus qu'il était bien réel.

La sueur dégoulinait sur mon visage et ma bouche s'ouvrait d'elle-même.

J'entendis les semelles de l'homme frapper le sol derrière moi. Ses pas lents traversèrent mon cerveau comme une locomotive.

Je pénétrai dans un spacieux vestibule pourvu d'un tapis et claquai aussitôt la porte. Le dos humide, engourdi, je m'appuyai contre le chambranle. Face à moi se tenaient deux vieilles personnes qui, d'un signe de tête, m'invitèrent à entrer dans la pièce ouverte.

– Que se passe-t-il ? demandai-je à l'instant où la voix me revint.

– Ce matin ils ont emmené le docteur Dobřanský et Madame Fojtková. Depuis ils rôdent par ici.

– Ils fouillent les appartements ?

– Pas pour le moment.

Tous deux esquissèrent un sourire en même temps.

– Vous m'avez vue arriver ?

– Oui.

Mon estomac se retourna.

– Asseyez-vous, me dirent-ils d'une même voix.

Je m'assis dans le fauteuil près de la table ronde.

– Vous devez rester ici jusqu'à ce qu'ils s'en aillent, me dit la vieille dame avant même que j'eusse pu élaborer une phrase pour le lui demander. Vous prendrez bien un thé avec nous ?

– Volontiers.

Je me détendis un peu. Je n'avais eu besoin de prononcer aucune des questions qui s'agitaient dans ma tête. Des deux côtés, tout était déjà dit.

Le vieux monsieur régla la radio sur un programme musical.

De tout l'orchestre, je ne percevais que le solo de violon. Une chance que je fusse assise, parce que mes jambes se mirent à trembler.

– Voulez-vous que je trouve quelque chose de plus gai ? me demanda mon hôte avec un aimable empressement.

– Non, non ! m'écriai-je comme s'il me menaçait.

Il s'aperçut que j'étais crispée sur le bord du fauteuil. Il me tendit un coussin.

– Mettez ça derrière votre dos.

Il parlait d'une voix profonde, douce, celle de Richard. Mon cœur se serra. Mon visage avait sûrement blêmi, mais le vieux monsieur regardait ailleurs, ou plutôt nulle part, emporté par les sons mêlés qui, s'ils résonnaient en sourdine, étaient pour moi des hurlements.

La dame s'approcha en faisant le moins de bruit possible. D'une main elle serrait un plateau contre sa poitrine, de l'autre elle disposait devant nous des tasses de porcelaine ancienne. Elle les remplit jusqu'à environ un demi-doigt du bord. Elle déposa ensuite le plateau et la théière sur le secrétaire.

Je saisissais chaque petit détail avec contention, comme si la moindre inattention de ma part pouvait irrémédiablement détruire quelque chose.

– Servez-vous.

Sa voix était très jeune.

– Puis-je me laver les mains ?

Question machinale, habitude professionnelle. Ce fut seulement après l'avoir prononcée que je me rendis compte de son sens profond.

– Certainement, acquiesça-t-elle avec un air coupable.

Elle me conduisit jusqu'au vestibule et me désigna la porte. Elle ne s'étonna pas de me voir emporter mon cabas.

– Les toilettes sont à côté.

Tandis que je lavais mes mains crasseuses, mon inconscient se ranima. Je déchirai l'enveloppe et son contenu en petits morceaux que je fis disparaître en tirant la chasse. Avant de revenir, je me lavai encore une fois les mains par automatisme.

Ensuite je fus tout à fait calme jusqu'au crépuscule.

– Les chiens de chasse sont partis, dit la vieille dame en s'éloignant de la fenêtre.

– Je vais y aller, répondis-je comme pour acquiescer.

– Non, ce n'est pas ce que je voulais dire, vous devriez rester dormir chez nous.

Je secouai la tête. J'avais pris conscience que le temps pressait et je faillis me remettre à trembler. Je cessai de penser à moi. Pour la première fois depuis le début de cette curieuse activité, je prenais véritablement des risques. J'enfilai mon pull, nouai mon foulard, je remerciai et pris congé. Ils supposaient que je savais ce que je faisais et ne me retinrent pas.

– Kadlouš va vous accompagner jusqu'au tram.

Kadlouš ! Peu importait la sortie que nous allions prendre. S'ils montent la garde, ils surveillent les deux. Ils n'ont sûrement pas mon signalement, ils s'attendent peut-être à un homme.

Les immeubles aveugles formaient de sombres blocs, seul le ciel était clair.

Une ombre difforme sortit du brouillard nocturne et s'avança vers nous cahin-caha. Nous nous serrâmes la main sans un mot. Voilà que je n'arrivais plus à penser à autre chose qu'à Richard.

Plus tard, je m'étonnerais d'avoir gardé mémoire de ce qu'il y avait dans le petit cadre sur le secrétaire. Le portrait d'une jolie jeune fille. Elle devait avoir mon âge.

Je me suis assise sur une froide banquette de bois avec cette pensée impérieuse : je dois arriver jusqu'à l'hôpital.

Vite. Le plus vite possible.

Le tram bringuebale de son mieux mais il me semble avancer à peine. Quelque chose ne tourne pas rond avec le temps. Il ne s'écoule pas. Il ne fait que s'étirer comme un élastique puis, d'un coup, se contracte. Il n'y a pas que le temps qui se comporte bizarrement, il y a aussi l'espace. Par cette fente à portée de vue nous ne parviendrons pas à nous faufiler.

J'ai besoin d'oxygène.

Je vais sur la plate-forme. J'aspire profondément l'obscurité un rien amère. Une langue humide lèche mon dos en sueur.

Le conducteur, un fou sans aucun doute, salue bruyamment

un arrêt vide et invisible. Mon unique compagnon de voyage descend.

Pas ça !

Mais si. Le monde entier me laisse tomber.

Le véhicule a alors un sursaut, veut me faire trébucher. En somme, ce n'est qu'une boîte de fer-blanc vide avec un sens de l'humour imbécile. Et qui lambine… tandis que, moi, je cours contre la mort.

* * *

Je descendis avec un sentiment de culpabilité poignant.

Je ne trouvai pas Richard dans son cabinet et ma gorge se serra encore. Je m'assis dans son fauteuil et m'agrippai aux accoudoirs.

Ça avait toujours été si facile. Jeter une lettre dans la bonne boîte. Réciter un message crypté à la bonne personne. Déposer une enveloppe au bon endroit.

On ne m'en demandait pas plus.

Je n'avais jamais craint aucune malchance. Cela me semblait un jeu d'enfant. Les feuilles rouges sur les murs n'avaient aucun rapport avec ça. Au contraire. Plus j'accomplissais mes devoirs, sans même savoir en quoi ils consistaient, plus profonde était ma conviction de jouer toujours la bonne carte. Je faisais partie d'un mécanisme bien réglé. Je n'avais sans doute pas d'importance particulière, si ce n'est comme agent de liaison de Richard… Mon cœur palpite à nouveau. Je vais prendre un sédatif.

Ou plutôt non. Le mieux serait d'aller voir mon patient attitré, Joza. Mon premier cas important. Je le fignole depuis trois mois déjà. J'ai remis ses os en place, je l'ai suturé, j'ai réparé son nez de ma propre initiative, je lui ai fait don de mon sang.

En réalité, il n'avait rien à faire chez nous. C'est un ami de Richard qui nous l'avait amené comme une curiosité des confins de la frontière slovaque. Dans un état désespéré, on peut le dire. Brisé et déchiré de partout, quasiment exsangue.

Richard était venu me voir pendant que je me changeais, à la fin de ma garde de nuit.

– Nous avons ici un gars, Eliška, pour lequel nous devons faire tout notre possible et même l'impossible. C'est un collègue de fac qui me le demande.

Il me lança un regard et sut que je ne refuserais pas.

– Il a besoin de sang immédiatement.

J'ôtai mon manteau et le raccrochai à la patère.

– La Wehrmacht a réquisitionné les donneurs, poursuivit-il.

Ça, naturellement, je le savais.

– Quel est son groupe ?

Je n'avais même pas besoin de demander.

– Le même que le tien.

J'acquiesçai. Richard me prit dans ses bras et m'embrassa sur le front.

Lorsque, plus tard, je rencontrai Joza, j'eus l'impression de voir le bossu de Notre-Dame. Malgré la gravité des blessures, les infirmières se lançaient des clins d'œil en riant sous cape. Elles y étaient incitées par le visage du patient. Un masque grimaçant, inhumain. Je les incendiai. Je n'ai aucune compréhension pour ce genre d'humour.

Au bout d'une semaine, il fut clair que Josef Janda [1] allait s'en sortir et il me fut personnellement confié par Richard. Je me consacrai à son cas avec enthousiasme. Et ce simplet des montagnes, qui faisait ici son effet exotique, ne cachait pas sa joie lorsqu'il me voyait.

Les infirmières se donnaient des coups de coude taquins et complices, malgré la grande affection qu'elles avaient conçue pour Joza. Dans cette chambrée de cinq gars, il représentait un lit sans problème.

Elles en bavaient là-dedans, avec un vieillard dément qui appelait à l'aide, le plus souvent en pleine nuit, criant qu'on le retenait ici par force, qu'on ne l'autorisait pas à sortir avec ses jambes cassées, et que personne n'avait donné à manger au cochon. Il en était venu aux mains avec l'infirmier qui l'emmenait faire une radiographie et s'était mis à appeler la police en hurlant. Étant le seul à écouter ses salades, Joza était utilisé, ou plutôt exploité, par les infirmières comme élément

1. Joza [Yoza] est le diminutif de Josef.

neutralisant. Il passait la plupart de ses nuits à veiller avec lui, s'entendant appeler tour à tour « infirmière » et « monsieur le président ».

En l'espace de deux mois je m'étais beaucoup rapprochée de Joza. J'avais découvert chez lui un don particulier. Il savait raconter. Bientôt, je pus imaginer la région d'où il venait dans les moindres détails. Les forêts épaisses, infinies, les rochers, les plateaux, les sources, les torrents, les maisonnettes de bois. Par la vallée grondait une rivière sur laquelle ondoyait un ciel changeant. Ce village de montagne s'appelait Želary. C'était là qu'il habitait mais il n'y était pas né. Il venait des plaines, avec leurs champs de froment, leurs vignobles et leurs riches fermes. Il y avait passé son enfance, époque enchantée de sa vie. Il me racontait comment ils faisaient cuire le maïs ou la pomme de terre au pâturage, comment ils cueillaient les fruits, apportaient de l'eau au bétail, mettaient le blé en gerbes, effeuillaient la betterave, nettoyaient les étables, coupaient du bois, réparaient les outils. Des faits en eux-mêmes grisâtres devenaient infiniment poétiques dans la bouche de Joza.

Je m'émerveillais du lien profond qui l'unissait à sa mère, de la façon dont elle illuminait ses journées.

Il l'avait perdue alors qu'il n'avait pas encore treize ans. À quinze ans, il était parti faire son apprentissage à Želary, chez le maître forgeron du lieu.

Je désirais connaître Želary. Me promener sur des sentiers tortueux, très haut, au-dessus de la gorge creusée par la rivière, enfoncer mes pieds dans la mousse, chercher les lactaires délicieux, boire aux fontaines des bois, explorer les cavernes, voir le bétail au pré, les attelages de chevaux et, l'hiver, la neige blanche, angélique.

Bientôt, je découvris la source d'où jaillissait la suggestivité des récits de Joza. C'était son âme. Il me disait des contes. Ce qui était épatant, c'était qu'il les avait réellement vécus.

Peu m'importait la grimace de mes collègues lorsqu'ils nous voyaient assis ensemble autour d'un thé à la petite table du couloir, je ne me lassais pas de la beauté poétique de ces mots simples, sans manières.

Une seule histoire était triste. Celle de la fille du forgeron,

Madlenka, qui avait volontairement mis fin à ses jours deux semaines après l'arrivée de Joza à l'hôpital. La nouvelle lui avait été apportée par une vieille que je n'avais pas vue mais qui m'avait été décrite comme une apparition des siècles passés.

On n'avait pas su me dire, toutefois, en quoi elle se distinguait de ses contemporains.

Elle était restée auprès de Joza une petite heure. Heure durant laquelle la chambre, où régnait d'ordinaire le vacarme, fut engloutie dans un silence qui ne laissait résonner que la voix claire et, paraît-il, extraordinairement mélodieuse de la vieille. Joza l'avait appelée marraine. Elle s'était arrêtée auprès de chacun des malades pour commenter son cas d'un air averti. Elle les avait appelés *chalani*, « les gars » dans son dialecte, et s'était comportée avec tant de conviction qu'ils avaient eu le sentiment de participer à un rite secret, à la fin duquel ils s'attendaient à être initiés.

C'est le vieux dément qui avait le mieux saisi l'état d'envoûtement général. Lorsqu'elle était partie, il avait lancé :

– Adieu, révérend père !

Le lendemain, l'une des infirmières me confia que la bonne vieille lui avait donné une potion magique pour Joza.

À ma surprise, elle avait été véritablement efficace.

Je m'enquis d'autres détails, mais les infirmières se contentèrent de hausser les épaules, comme intimidées.

J'ai compris le jour où je me suis retrouvée moi-même face à Lucka Vojničová.

Joza avait les larmes aux yeux lorsqu'il parlait de Madlenka.

Une question m'était venue à l'esprit :

– C'était votre bonne amie ?

– Non, mais c'est moi qui la portais.

– Vous la portiez où ?

– Quand il faisait chaud, devant la maison, et, le soir, dans sa mansarde. Madlenka était infirme. Elle brodait du matin au soir.

Moi aussi ça me pousserait à me jeter par la fenêtre, infirme ou pas.

Richard, qui avait toujours beaucoup de tact, souriait quand il me voyait avec Joza et, parfois, me taquinait. Radoslav Chládek, mon camarade de fac, m'avait dit :

– Ce godichon est amoureux de toi.

Ça m'avait irritée.

– Slávek [1], s'il te plaît !

– Ne te méprends pas, Eliška, je connais bien ces types-là.

Cette rigueur réprobatrice était chez lui inhabituelle.

Je commençais à en avoir assez. Tu es peut-être l'un d'entre eux, lui hurlai-je dans ma tête. J'avais envie de me disputer. Mais autant parler à quelqu'un qui vous tourne le dos. Après tout, Slávek avait le droit de me dire tout ce qu'il voulait. Depuis que nous avions fait nos études ensemble, il était devenu mon meilleur ami, ce qui est plus qu'un frère. Avec une équipe formidable nous parcourions les forêts qui se trouvent du côté de Vranov, Horákov, Ochoz, Adamov et même les coteaux du Bílovice de Neumann [2], autour de la rivière Svitava. Nous passions des journées entières à monter et descendre les collines, et si les garçons étaient épuisés, je ne l'étais jamais. Le mouvement était pour moi la manifestation fondamentale de la vie. Mon cœur, mes poumons, mes jambes, étaient de confection haut de gamme. Lorsque je révisais pour les examens, je galopais tout autour de ma table.

Nous faisions les pitres, inventions des jeux de toqués, poussions jusqu'au bout l'esprit « canular » de l'époque, nous réjouissant que les passants nous prennent pour des idiots.

Sans raison, nous étouffions de rire.

Nous faisions des parodies d'opérations chirurgicales.

Nous chantions autour des feux de camp.

Richard devrait déjà être arrivé.

J'entendis des pas et me levai d'un bond.

– Slávek !

---

1. Diminutif de Radoslav.

2. Stanislav Kostka Neumann (1875-1947). Poète tchèque tout d'abord « décadent », puis anarchiste et gauchiste. Il s'installe en Moravie en 1905, à Bílovice nad Svitavou, au nord-est de Brno. Son recueil lyrique *Livre des forêts, des eaux et des coteaux* (1914), écrit à l'époque où il vivait à Bílovice, reste l'un de ses ouvrages emblématiques.

2.

– Tu disparais, m'annonça Radoslav Chládek, mon meilleur ami. Voilà du fric et des tickets de rationnement, une *kenkart*[1] et d'autres papiers, il y a aussi une biographie que tu vas apprendre par cœur et détruire. Ça, ce sont les horaires de train.

– Slávek, tu deviens fou ?

– Je ne deviens pas fou. Dobřanský et Fojtková sont derrière les barreaux, et qui sait ce qu'on réussira à leur extirper à force de coups.

– Qu'est-ce que tu en sais ? grommelai-je.

Il ne répondit pas.

– Mais enfin, ils ne me connaissent pas du tout. Ils ne m'ont jamais vue de leur vie.

– Tu vas partir en ambulance avec l'autre godichon des monts Macaques.

– Il doit encore rester ici trois jours.

– Je viens de lui rédiger une autorisation de sortie.

– Toi ?

– Concentre-toi. Vous allez partir en ambulance. Le chauffeur vous déposera à Křenovice.

1. Carte d'identification délivrée par les mairies aux résidents, sous le protectorat nazi.

– Bon Dieu ! Qu'est-ce que nous allons faire à Křenovice ?!
– Écoute, tu commences à m'faire enfler l'eulcèr' !
Slávek parlait une langue baroque, entrelardée d'expressions dialectales de Slovaquie morave.
– Concentre-toi. Tu ne te montreras plus ici. Laisse-toi pousser les cheveux.
– Slávek, hurlai-je, il faut tout de même que tu m'expliques…
– Ne tremble pas, tout est prévu. Allons !
Il passa son bras autour de mes épaules. Quand il vit dans quel état j'étais, il devint tendre.
– Et Richard ? Qu'est-ce qui se passe avec Richard ? Je veux parler à Richard !
Il changea de ton.
– Tu ne vas parler à personne, tu fais tes paquets et tu t'en vas.
– Ça, je veux l'entendre de la bouche de Richard !
– Bien, riposta-t-il rageusement, Richard a émigré.
Il posa de nouveau ses mains sur mes épaules.
– Tu auras le temps de réfléchir à tout ça.
Je tentai un rire.
– Pourquoi tu mens ? Où as-tu vu qu'il était encore possible d'émigrer ? Dis-moi ce qui s'est passé. Je dois le savoir et tu sais que je le supporterai.
– Richard a émigré.
Il me tenait toujours par les épaules, peut-être parce qu'il avait peur que je ne m'effondre.
– Ne me parle pas comme à une imbécile !
– Tu te souviens de ce ponte, celui que nous avons opéré ici il y a peu de temps ? Débrouille-toi pour faire le lien. Maintenant, ne traîne pas.
– Slávek ?!
– Bon Dieu ! Pourquoi c'est justement moi qui justement maintenant dois te rappeler que la femme de Richard est autrichienne ?!
– Ça veut dire que Richard a pris la tangente et nous a laissés dedans ?! C'est ça que tu veux insinuer ?!
Je glapissais. Je percevais le ressac de mon propre sang.

– Je sais ce que tu ressens et je le respecte. Je vais te préparer…

– Non !

Ma voix faisait trembler les murs.

– Rien ne m'a été dit quand vous avez préparé ce cirque ! Pourquoi est-ce que je suis la seule à qui on ait caché ce qui nous attendait ?!

– Du calme, chuchota-t-il avec insistance, personne ne le savait.

– Mais vous étiez prêts ! Moi je ne suis pas prête ! Pas moi !

– Tais-toi, bon Dieu !

Il me rappelait à l'ordre. D'instinct, il se retourna.

– Et toi, tu vas où ?

– Ne t'occupe pas de moi !

Nous nous regardions dans les yeux et, lentement, je commençai à saisir la situation. Ils ne savaient pas quand la cage allait nous tomber dessus. Autrement, ils ne m'auraient pas envoyée chez Dobřanský et Fojtková. Et pourtant mon issue de secours, bien qu'étroite, était parfaitement préparée.

Dans les moments de tension extrême, j'avais le don de clairvoyance. C'était Slávek, et non Richard, le cerveau de l'action.

J'aurais tant voulu me blottir dans ses bras et geindre.

Lui seul peut me faire garder toute ma tête, même maintenant que m'abandonnent le discernement, la force et la volonté… à supposer que j'en aie jamais eu.

– Que dois-je faire ? demandai-je avec humilité.

– Tes bagages, dit-il aimablement. Tu vas aller avec Joza à Bourg-les-Chèvres et, là-bas, tu l'épouseras.

Il me trahissait au moment de ma plus grande impuissance.

– Je l'épouserai ? aboyai-je. Qu'est-ce que tu baragouines ?!

– Tu comprendras en chemin. J'espère qu'il ne te viendra pas à l'idée d'envoyer une lettre ou un message ici. Tu as émigré avec Richard. Votre relation est, heureusement, un secret de polichinelle… C'est une version assez acceptable pour la Gestapo. Richard…

Son expression me fit perdre pied.

– Richard, comme tu le sais, allait parfois même opérer à Vienne…

– Je n'irai nulle part, Slávek.

Comme si je n'avais rien dit.

– Je n'irai nulle part, tu entends ?! J'ai décidé de rester ici.

Comme si je n'avais rien dit.

– Tu as quelque chose à la maison ? demanda-t-il. Des tracts, des livres… ?

– Rien.

Puis, je me suis rappelé.

– Il n'y a que cette brochure avec la Tchécoslovaquie couronnée d'épines sur la couverture. Celle que Maxa a faite.

– Où est-elle ?

– Dans la bibliothèque, entre Čapek [1] et Březina [2]. Je vais y aller.

– Tu ne bouges surtout pas. Donne les clefs.

– Ne m'en veux pas, Slávek, articulai-je, docile, je pensais que rien ne pouvait arriver.

– Moi aussi.

Il sourit. Je savais ce que lui coûtait ce sourire.

– Donne les clefs !

Je lui tendis ces clefs dont je n'aurais peut-être jamais plus besoin.

– Slávek, mets ma montre en or à l'abri quelque part. Tu la trouveras dans la commode, sous les serviettes de toilette.

Je l'avais supplié avec la voix d'une mourante dont la dernière pensée s'attache à l'armoire qui lui venait d'une arrière-grand-mère.

– Bien.

Ce qu'il pensait de ma cachette était visible.

– Je la donnerai à Zorka.

Zorka était sa petite amie.

Quelque part, l'heure sonnait. Peut-être n'était-ce que dans mon imagination.

– Slávek !

Je l'attrapai par la manche.

---

1. Karel Čapek (1890-1938). Prosateur, auteur de romans d'anticipation et de science-fiction, inventeur du mot « robot » et proche du président Masaryk.

2. Otakar Březina (1868-1929). Poète symboliste.

– Qu'est-ce qu'il y a ?
– Pars avec moi, toi.
En guise de réponse, il se tapota le front du doigt.
– Reprends-toi, s'efforça-t-il de dire.
Il avait certainement envie de m'en flanquer une.
– Prends-toi un sédatif. Il regarda autour de lui. Tiens, voilà un filet à provisions, il doit être à Kosina. Bourre-le de ces chiffons qu'on donne ici comme chemise de nuit. N'oublie pas de prendre du savon, des serviettes de toilette et une paire de chaussons.
Il précipitait dans le filet tout ce qui lui tombait sous la main.
– C'est Dieu en personne qui t'a envoy ce godichon. N'aie pas peur de lui. Il ne te laissera pas tomber, même si ça doit lui coûter la vie.
J'étais dans tous mes états.
– Tu lui as tout dit ?
– J'ai parié sur lui.
Il soutint mon regard jusqu'à ce que je me ressaisisse. Je sentis dans mon corps un ressort tendu à l'extrême. En dix minutes, j'étais prête.
Joza attendait déjà. Il portait le pardessus de Slávek, autour du cou l'écharpe de Slávek, à la main la sacoche de Slávek. Son autre bras était bandé jusqu'à l'épaule.
– Qu'est-ce que c'est ?
Son pansement m'effrayait.
– Un bandage extensible avec un kilo de coton à l'intérieur. Ça peut te servir.
Le calme et l'assurance de Slávek me gagnaient déjà. Je commençais à cogiter.
– Slávek, dans le tiroir du haut du secrétaire, il y a les photos de nos vadrouilles.
Il m'adressa un regard reconnaissant.
L'ambulance arriva. Alors je compris combien étaient forts les liens qui nous unissaient, combien Slávek m'était cher. Avant que j'aie eu le temps de le lui dire, l'ambulance eut un sursaut et démarra.

3.

À partir de Křenovice, nous avons serpenté dans de puants tortillards en direction du Želary de Joza, qui avait cessé d'être si paradisiaque. Dans ces wagons glacés, à moitié vides, Joza m'avait enveloppée du manteau de Slávek car je n'avais rien de chaud à part mon pull. Dans une poche je trouvai deux mouchoirs propres et dans l'autre un canif.

L'esprit ailleurs, je regardai dans la sacoche. Des chaussures, des vêtements et un pyjama masculins, un rasoir avec un jeu de lames, des mouchoirs, des morceaux de cellulose en guise de serviettes, des médicaments. Sur le dessus, un petit thermos de thé et un casse-croûte emballé.

Ma *kenkart.* Je restai des heures à regarder ma propre photographie. Je m'appelle Hana Nováková.

Il me fallait apprendre ma biographie avant la fin du voyage.

Les cahots du train étaient si forts qu'à chaque secousse mon esprit s'enfuyait un peu plus. Le wagon était plein de lutins qui me frappaient avec de petits marteaux. Pour me protéger d'eux, je m'étais blottie dans le manteau de Slávek, mais ils étaient bien trop futés, ils se cachaient, là, sous la doublure.

Je ressentis un profond dégoût de moi-même.

Qui me faisait du bien.

Oh, sillons plus profonds sous les roues, fouets d'une crinière de jais !
Vous, cent fois vivants, vous indomptés !
Mon humiliation ne me prenez !

Les vers de Slávek.

Non !!

Les rails cliquetants se riaient de moi.

Vous, invulnérables, bien que craquent vos veines,
Vous que le sort maudit, vous qui eûtes le courage…

Voilà ce qu'était devenu mon ami.

Un poète morbide.

Enfin, à un cheveu près.

Le pitre autrichien devait être anéanti d'un regard. Nous étions au premier rang, place Dominikánské, juste derrière le cordon de police ; nous nous tenions par la main. Lorsque le véhicule de Hitler est passé tranquillement devant nous, il s'est trouvé exposé à un concentré de haine mortelle pendant quelques secondes.

Nous l'avions eu droit dans les yeux.

Il nous avait regardés, en apparence, sauf que ce n'était pas un regard. Ce n'était même pas une cible.

Cette chose qui se déplaçait devant nous, ce type laid avec son expression sans âme, était moins vivant qu'une pierre. L'homme que nous attendions n'y était pas.

Je l'examinai avec mon œil de médecin. Son bras était figé, plié au coude – une paluche tendue ne fût pas restée aussi immobile.

Nous nous étions ébroués comme le chien sous la pluie.

Si je racontais ça à Joza maintenant, le comprendrait-il ?

Il est assis face à moi, son visage est vide. S'il dort, alors c'est avec les yeux ouverts.

– Tu auras le temps d'y réfléchir, avait dit Slávek.

Du temps, j'en ai.

Richard, cet infâme traître, n'a commis envers moi aucune faute. Il a tendu la main et je me suis laissé prendre.

Combien d'entre nous a-t-il bien pu appeler fillette ?

L'homme d'une autre femme, père de deux garçons.

Il avait besoin d'une âme dévouée pour exécuter chaque ordre à la lettre, et c'est moi qui avais gagné le concours.

Mon futur mari, ce primitif à moitié alphabétisé avec lequel je n'ai rien de commun et qui pourtant m'emmène Dieu sait où, se réveille. Dans ses yeux gris, un message insistant qui me reste étranger, inintelligible.

Sans raison compréhensible, par une libre association, m'apparaît un autre visage, celui de Přemysl Maxa. La dernière fois que je l'avais vu, c'était derrière la fenêtre d'une salle de torture, dans une ancienne cité universitaire de Brno. Il avait appuyé sa tête bandée contre la vitre et s'était caressé le visage, signe qu'il nous reconnaissait et nous saluait avec ferveur.

Les gens passaient par là par hasard, rencontraient par hasard des connaissances avec lesquelles ils s'arrêtaient pour bavarder un moment. Ils communiquaient avec le monde qui se trouvait de l'autre côté de la fenêtre par de furtifs coups d'œil.

En apparence, cet enchaînement ininterrompu de hasards se déroulait sans éveiller l'attention. Qui sait d'où ils nous photographiaient et quand ils s'en serviraient.

Dans le village où il enseignait, Maxa avait créé une colonie de vacances sous les auspices de l'Action départementale pour la jeunesse tchèque. J'y travaillais comme assistante sanitaire pendant mes congés.

À cette époque, dans le luxueux bâtiment maçonné près de la piscine locale, les Jeunesses hitlériennes s'exerçaient à leurs jeux militants.

Sous le nez des nazis au bras tendu, on fabriquait de faux papiers, on imprimait des publications antiétatiques, on accueillait des hôtes suspects.

Lors de ses fréquentes visites à Brno, Maxa était hébergé chez Slávek.

La plupart de nos soirées étaient consacrées à des sorties au théâtre.

Höger, Fabiánová, Gräfová, Urbánková, Kurandová, Deyl, Leraus, Skřivan [1]...

---

1. Acteurs célèbres de l'époque.

– Ne vous inquiétez pas, Eliška, je vais sûrement pleurnicher, m'avait-il dit avant la représentation du *Poing* de Hilbert [1].

Il avait réellement pleuré.

Peu de temps après, la Gestapo l'a frappé ; elle l'a frappé six mois durant sans obtenir de lui le moindre nom. Mort de « phtisie », annonçait le faire-part de décès envoyé avec condoléances à sa femme et à ses trois enfants.

Slávek a-t-il trouvé cette brochure suicidaire ?

---

1. Jaroslav Hilbert (1871-1936). Dramaturge influencé par Henrik Ibsen. Sa pièce intitulée *Au sujet de Dieu* (1898) est jouée en première sous le titre *Le Poing*. Après la Première Guerre mondiale, il critique dans ses pièces la montée du socialisme [*L'Autre Rive* (1924) et *L'Étendard du peuple* (1926)].

4.

Au-dessous de moi, le train scande une marche militaire.

Survivre quelques mois. Je n'ose pas même penser : des années.

– Ne regarde pas vers le haut, regarde vers le bas, disait toujours ma grand-mère.

Je regarde vers le bas et j'ai soudain le vertige. Je suis aux prises avec la chimère de tous les lâches, le désir de se sauver par le suicide.

Il y a des limites au supportable, grand-mère. Survivre à tout prix ? Devenir une carpette sur un seuil étranger ?

C'est justement vers cela que je file inexorablement.

Je regardais à la dérobée les grosses pattes de Joza posées sur ses cuisses. C'était à leur merci que j'allais être livrée.

Je ne pouvais pas en détacher mes yeux. Au plus profond de mon être, je me mis à pleurer. Un pleur muet, tout à fait comme jadis. Mon visage devait avoir l'expression figée qu'il avait à l'époque, celle qui irritait les autres.

Celle qu'ils prenaient pour une marque de rébellion.

Que ferait le type en face de moi s'il voyait que je pleure et s'il en pressentait la cause ?

Je m'arrêtai sur cette pensée. Pourquoi donc ?

J'avais lancé un regard direct et intense à Joza, droit dans ses yeux. Il l'avait esquivé. Il n'avait ni l'envie ni le courage de converser du regard.

Il mit ses paluches sur ses genoux.

Je m'interdis de les regarder.

Survivre quelques mois. Des centaines de jours, des milliers d'heures.

Une bise glaciale soufflait par la fenêtre mais je dégouttais de sueur.

Je sentis que cela m'aiderait de prononcer le nom de Richard.

– Richard, soupirai-je.

L'homme qui allait devenir mon maître leva les yeux vers moi.

Il ne formula cependant aucune question.

Le silence entre nous se tendait comme une corde qu'aucun des deux n'avait l'intention de franchir.

À l'hôpital, alors qu'il était mon patient dorloté, il parlait librement. Que devais-je penser de son silence obstiné ?

Entre nous quelque chose était en train de pourrir.

Je m'efforce de me rappeler ce que je sais de la campagne. J'y avais passé en tout et pour tout l'équivalent de quelques semaines, chez tante Řina.

La forêt. La chasse aux champignons, la cueillette des fraises et des framboises.

Tante Řina aux fourneaux ou à l'étable.

Oncle Jakub à la cave, avec ses copains.

Un jour, il m'avait autorisée à guetter le gibier avec lui à l'affût, mais je m'étais endormie. Réveillée par un coup de feu, je m'étais mise à hurler. Lorsque j'eus reçu quelques gifles, ce fut le retour à la maison.

Furieux, il me tirait par la main comme une chose, je butais contre ses jambes et, lui, il me traînait à la place de la biche manquée.

Je n'avais pas été surprise lorsque tante Řina l'avait quitté. Elle s'était trouvé une place de cuisinière dans une cantine bon marché pour les ouvriers. Toutes les voisines l'enviaient, toutes la condamnaient.

Moi, je l'admirais.

Je vois déjà ça d'ici. Joza doit sûrement boire. L'auberge et les copains. Pour mes interludes conjugaux, la cuisine et l'étable.

Je regardai par la fenêtre en pensant à tante Řina. Je n'ai pas son courage et je ne sais pas cuisiner.

C'est chez elle que j'ai effectué ma première opération.

Il s'agissait d'une poule qui s'était fait une escarre à la patte. Elle ne pouvait plus l'appuyer à terre.

Je l'avais soulevée pour tâter son cal arrondi.

– Il faudrait l'évider, tata.

Ma tante avait l'esprit plus enclin au bouillon de poule qu'à l'intervention chirurgicale, elle comprit cependant à quoi j'aspirais.

Elle apporta le rasoir de mon oncle, de la gaze, un petit verre d'alcool, du fil et une aiguille.

Elle endormit la poule en la tenant sous son aisselle, l'immobilisant et la tranquillisant par une légère pression.

Je ressentis alors le poids de la responsabilité. Soudain, je fus convaincue que je n'y arriverais pas.

– Tu n'as pas à avoir peur, me dit tante Řina qui lisait les pensées. Du moins, les miennes.

Je pris une inspiration, caressai les plumes, puis le petit os de la patte.

Lentement, couche après couche, j'ai gratté la corne, approfondi le cratère aussi longtemps qu'il ne me semblait pas atteindre les tissus vivants.

Pas une goutte de sang n'avait perlé.

Je versai le reste d'alcool sur le travail accompli, obturai la blessure avec une compresse et fis par-dessus un bandage solide.

Je n'avais pas eu besoin de coudre.

Réveillée, la poule se dressa, observa son pansement, le picora, agita les ailes et se mit à courir.

– Tata !

– Alors, tu vois, Eliška !

Avant la fin de la journée, le pansement avait été ouvert à coups de bec, la blessure obstruée par le fumier et la poule guérie.

Joza me regardait fixement.

Hier encore j'avais de l'affection pour lui, à cet instant je le détestais.

– On ne sait pas tout ce qu'on est capable d'endurer, disait ma grand-mère.

Ah ! moi, je le sais, grand-mère. Je ne supporterai rien.

Chacun est tel qu'il est né.

Grand-mère était née à la campagne et elle l'avait apportée avec elle à la ville.

Elle me stupéfiait par toutes sortes d'activités difficilement compréhensibles. Battre le linge dans le ruisseau, le défroisser avec un rouleau de bois, laver le pavot, rouir le lin, dépiquer l'orge, faire sécher la brique.

Jusqu'à la fin de mes études j'ai habité la maison que grand-père et elle avaient bâtie de leurs propres mains. Sur sa vieille machine à coudre, elle avait transformé son habit de deuil en une robe que j'allais porter pour mon baccalauréat.

* * *

Le wagon cahote et la terre, quelque part au-dessous de nous, tremble de peur. Le grondement tellurique me met au supplice.

La panique, ma compagne de toute une vie, m'exhorte à hurler : « Je suis malade, monsieur Janda ! Je suis dérangée dans ma tête ! » Jusqu'à présent quelque chose m'a maintenue à la surface, mais c'en est bien fini. Je mets le ventre à l'air comme un poisson crevé.

Je m'étais mordu la lèvre et une goutte de sang avait coulé. Joza l'avait remarquée.

– Que vous arrive-t-il ?

Il est complètement à côté.

– Rien. Le train tangue terriblement.

Je léchai le sang. Je me fabriquai, suivant l'expression de son visage, un sourire idiot.

Mon cœur se mit à cogner plus fort et je respirai comme un alpiniste.

– Vous devriez dormir un peu.

Il me désigna le coin près de la porte. Je cachai mon visage dans le manteau de Slávek. Voilà. Tout ce dont je ne veux pas a disparu.

Par une après-midi d'été, nous sommes assis au sommet d'une colline et nous bavardons. Le globe terrestre est à nos pieds.

Nous venons, avec l'arrogance des ignares, de résoudre des questions vieilles comme l'humanité. Nous avons grimpé jusqu'au sommet de la pyramide de points d'interrogation qui, pendant des siècles, a grandi en même temps que la connaissance.

Nous avons expédié la question du sens de l'existence en un tournemain, de façon grandiose : concevoir la causalité, c'est revivre notre propre passé.

Plus jamais je n'éprouverai une liberté si absolue, si impudente.

Plus jamais ?!

* * *

Avec Zorka, j'avais assisté au dernier rassemblement du Sokol. Nous resterons fidèles [1]. Encore un peu et nous nous évanouissions d'orgueil.

Un petit groupe de Tchèques autrichiens. Ils marchaient en silence sous le drapeau à croix gammée, protégés de chaque côté par un cordon de police. Prague, jusqu'alors intouchée, joyeuse, allait en liesse à la rencontre des futurs martyrs.

Oripeaux rouges aux noires inscriptions.

Moi, je suis en vie.

Mais comme une touffe d'herbe dans la fissure d'un rocher. Livrée à la miséricorde de la neige, du soleil, de l'eau.

---

1. Le mouvement Sokol (Faucon), organisation sportive fondée en 1862, avait à Prague un rassemblement annuel qui se tenait dans le stade de Strahov depuis 1929. Le « dernier » défilé est resté dans les mémoires comme une manifestation de refus d'allégeance à l'Allemagne nazie : les participants tournaient le visage dans la direction opposée à celle de la tribune présidentielle. Le mouvement, dissous, passa ensuite dans la clandestinité et participa à la résistance.

Nous resterons fidèles : titre de la pétition d'un comité de résistance, composé d'écrivains membres des anciens partis de gauche de l'entre-deux-guerres.

Joza me tend une pomme. Je secoue la tête. L'idée d'avoir à bouger les mâchoires me rebute.

J'ai toujours pensé que j'aimais la solitude. Parce que j'en ai toujours manqué. Plus tard, parce que c'était en elle que j'ouvrais le coffre au trésor de mon amour.

Je sais enfin ce que signifie la solitude. Une mise hors circuit. Un cercle vicieux.

Mes doigts gelés feuillettent les horaires de train. Nous avons encore une correspondance. Nous aurons voyagé presque toute la journée.

De l'autre côté de la fenêtre, la nuit est tombée depuis longtemps, il faudrait vraiment dormir un peu. Mais je ne prendrai pas de cachet, il reste deux heures avant le changement, je n'aurais pas le temps de reprendre mes esprits.

Joza, bouche bée, me regarde.

– Allez-y, Joza, mangez.

– Non, moi non plus je n'ai pas faim.

Ainsi veut-il se rapprocher de moi. Peut-être est-il vraiment amoureux ? Slávek se trompe rarement. De quoi peut bien être fait l'amour chez quelqu'un comme Joza ?

Si au moins ces petits marteaux ne me frappaient pas les tempes ! Je me décidai à prendre un calmant et demandai un peu de thé à Joza. Avec les secousses du wagon, je me le renversai sur les cuisses.

Je ressentis un absurde désir pour Richard. C'était un traître mais les heures passées avec lui avaient été belles. Il regorgeait, voire débordait, de tout ce que je tenais en estime, l'intelligence, l'éducation, le tact.

L'amour est notre problème personnel, qu'il soit trophée ou tragédie, et peu importe s'il est réciproque. Plus le temps passait et moins j'en voulais à Richard de ce qu'il nous avait fait. Avoir attendu de lui un miracle était ma propre erreur de logique. Dans cette partie-là, j'avais eu devant moi tout l'échiquier ainsi que la disposition des pièces.

Excellente étudiante, plutôt jolie, responsable. L'objet idéal. Peut-être même l'ai-je un peu aimée, je vais avoir des remords… quelque temps.

C'était si communément humain.

Au lieu de Richard, j'ai en face de moi Joza, nom de famille

Janda, un type inconnu, suturé, avec un regard quelque peu rigide, qui observe chacun de mes mouvements.

Nous n'avons rien à nous dire.

Sauf que c'est justement cette personne que je dois, pour ma propre sécurité, demander en mariage. Je ressentis une faiblesse.

– Joza, articulai-je avec lassitude, vous savez où j'en suis.

– Oui.

– Je dois me cacher quelque part.

Il ne répondit pas. Il n'avait soupçonné aucune question là-dessous. Naturellement, il ne viendra pas au-devant de mes pensées, je dois lui donner ça de façon rudimentaire, à cet âne.

– Est-ce que vous m'épouseriez ?

Ça y est, c'est fait. S'il refuse, je suis fichue, mais je me sentirai soulagée. Il a certainement des vues sur une garce de son village.

Il était clair que soit il n'avait pas compté avec une telle éventualité, soit ça avait été trop rapide. Je regardai sa chevelure qui n'avait pas été coupée depuis longtemps, et il me sembla avoir devant les yeux un phénomène inouï : ses cheveux se hérissaient.

– Oui.

Je déglutis.

Une pause s'instaura durant laquelle j'essayai de sortir de ma sidération, car Joza avait répondu calmement et sans hésiter.

La pause se prolongeait.

– Vous devez oublier qui je suis, me mis-je à débiter. Je m'appelle Hana Nováková… Le docteur Chládek ne vous l'a pas dit ?

– Il me l'a dit, répondit-il toujours aussi calme, bien que son visage fût en contradiction avec le ton de sa voix.

Il avait le regard de quelqu'un qui, à l'état de veille, en pleine possession de ses moyens, se retrouve pris dans un rêve.

Il n'y avait rien d'autre à dire, nous nous sommes donc tus.

Tandis que s'élevait l'insupportable crissement des roues du train contre les rails, les pensées de Joza semblaient me fuir comme fuyait le paysage par la fenêtre. Je fus effrayée par le caractère pratique des considérations qui lui vinrent aussitôt.

– Je n'ai qu'une petite pièce à la forge. Je ne peux pas vous emmener là-bas. Vous allez devoir rester un certain temps à Šádova Huť, chez Marenina Irča.

C'est quoi Šádova Huť ? C'est qui Marenina Irča ? Ces mots me trottaient dans la tête tandis qu'il reprenait son souffle. L'agitation qu'il manifestait m'apaisait. Il y avait entre nos états nerveux comme un rapport de vases communicants. Sa pomme d'Adam se souleva et s'abaissa. L'obstacle était franchi.

– Pendant ce temps, je vais trouver une maison vide.

– Il y a des maisons vides chez vous ?

– Oui, ceux qui meurent en laissent. Je vais voir ce qu'il en est avec la baraque du vieux Mánek.

Mes doigts gelaient. L'engourdissement me gagnait, même le bout de mon nez devait être blanc. Que suis-je en train de couver ? J'inspirai profondément, j'activai les pompes enrayées.

– Nous allons devoir nous tutoyer, Joza. Mieux vaut commencer tout de suite.

Je lui tendis la main, et je n'aurais pas dû. Il la serra dans la sienne.

– Vous êtes complètement gelée.

Il en prenait soin, la réchauffait dans sa pogne.

– Tu es complètement gelée, Hana, le repris-je.

Je serrai les mâchoires pour éviter de claquer des dents.

– Tu es complètement gelée, Hana, répéta-t-il docilement. Ça vous aiderait si je fermais la fenêtre ?

– Non, je n'ai pas froid, ce sont les nerfs. *Débile !* ajoutai-je en moi-même.

Si Richard était là avec sa voix de velours, ses yeux pleins de sagesse, ses mains fines, si Richard était là, je lui pardonnerais tout et même plus, immédiatement.

La paluche de Joza me tenait et je n'avais aucune chance de me libérer. Situation nouvelle.

Soudain, il lâcha ma main et détourna le regard.

Les capacités d'analyse de mon cerveau réagirent de façon mécanique : que veut-il me cacher ?

Dans ma disposition d'esprit, les soubresauts du tortillard me semblèrent dangereux. Sous peu, nous allons nous renverser et tomber à pic dans la gueule ouverte de l'un des précipices. Nous allons rouler sur des parois de ronces et finir dans les profondeurs, brisés en mille morceaux.

Dans le meilleur des cas.

Dieu sait pourquoi, cette vision me satisfaisait.

– Nous serons en ville dans une demi-heure, m'annonça-t-il. Je dois me concentrer.

– Quelle ville ?

– Šádova Huť.

– Ah !

Je me levai pour aller aux toilettes. Elles empestaient horriblement mais cette puanteur m'était familière, proche et même agréable. Ça puait l'urine, les excréments et le vomi. Je restai debout près d'une fenêtre dont le verre dépoli semblait fait de moisissure et derrière laquelle se mouvaient des silhouettes floues. Je baissai son cadre crasseux et un peu de cette crasse visqueuse me colla aux doigts. Une cheminée d'usine se dressait à l'horizon – mon pilori. J'avais lambiné beaucoup trop longtemps. Lorsque je fus enfin de retour, je vis la tension s'effacer du visage de Joza. Je lui remis l'argent que Slávek m'avait donné.

– Gardez votre argent.

L'embarras lui éraillait la voix.

– Vous le dépenserez à Šádova Huť.

– Tu n'es pas capable de me tutoyer ?

– Si.

Il inspira.

– Tu vas peut-être devoir rester là-bas un mois, le temps que tout soit arrangé.

Hormis la bicoque du vieux Mánek, il avait certainement à l'esprit notre mariage. Je ricanai comme une hystérique, mais uniquement pour moi-même, dans ma tête.

Je ne m'occupai plus que de moi jusqu'au terminus. Nous n'échangeâmes plus un mot avant de jeter l'ancre chez Marenina Irča.

5.

Šádova Huť était un bourg qu'on aurait pu qualifier de quelconque. Marenina Irča, en revanche, me fit une forte impression. Elle se vautrait dans son caboulot, *hôtel-café-restaurant* – soit dit en passant l'établissement le plus luxueux de la place –, comme une laie dans sa bauge.

Jusqu'alors je n'avais jamais été l'objet d'une bienveillance dédaigneuse. Irča me la prodigua abondamment. Elle me surplombait à la manière d'un obélisque.

J'étudiai son corps sous le tissu tendu de sa robe. Un corps ramolli où la graisse superflue formait des bourrelets. Son visage trahissait un manque de sommeil, son cou un vieillissement précoce. Son tribut à l'aisance.

Elle me fixait d'un œil assuré, mi-clos et, de toute évidence, myope.

Presque tous mes patients, fussent-ils potentiels, éveillaient en moi une compassion à la fois méritée et imméritée ; toutes les personnes avec lesquelles j'entrais en contact m'étaient reliées par de ténus filaments.

De la même façon que le cou desséché d'Irča, sur lequel apparaissaient déjà des cordons de peau, attira mon attention, je fus touchée un peu plus tard par les rougeurs sur les visages des filles et, encore plus tard, par le regard éthylique du maître d'hôtel.

Seul le mari d'Irča, faible d'esprit, me fichait la paix à la faveur de son équilibre mental.

Irča pressentait en moi quelque chose d'étranger. Elle répondit à la demande de Joza avec des manières feintes. Elle haussa les épaules et fit mine de réfléchir.

– Il y aurait bien, en haut, une petite chambre convenable.

Elle tentait de m'humilier en mettant un accent malveillant sur le mot « convenable ». Pour une raison ou une autre, elle n'était pas en mesure de refuser, elle ne faisait qu'exprimer son peu d'envie en faisant des chichis.

Joza monta mon modeste bagage et me dit au revoir.

Dans la petite chambre au carreau fêlé se trouvait un lit de métal branlant, la paillasse en était rongée par les souris, sans draps, avec seulement un petit coussin sale et une couverture tachée. Sur le guéridon, une vasque d'argile ébréchée : le lavabo. Une étagère couverte de poussière, un portemanteau… c'était tout. La nuit, une autre expérience m'attendait, la sarabande des souris qui, contrairement à moi, étaient ici chez elles et couraient non seulement sur ma couche mais jusque sur mon visage.

Au matin, Irča me demanda de l'aider à tirer de la bière. J'acceptai avec soulagement. J'exigeai en échange une autre couverture et des draps propres. Elle fut sidérée par mes prétentions. Je ne compris pourquoi que lorsque je pus constater le niveau de confort dont bénéficiaient les autres serveuses.

J'acceptai vraiment avec joie le travail en salle. Mon galetas me détruisait.

Porter les plateaux, en revanche, ne me prenait pas plus au dépourvu que la puanteur de la salle. J'étais habituée à pire.

Afin de gagner la confiance nécessaire, je glissai à l'oreille d'Irča que j'avais travaillé comme serveuse dans un hôtel de luxe. Ce qu'elle avala avec un claquement de langue satisfait ; le cheval de mon imagination m'avait transportée presque au même niveau qu'elle. Je supposais, à tort, ne devoir qu'à cette seule circonstance ma position, dans une certaine mesure exceptionnelle. Le serveur en chef, Eda, un jeune homme à la tête chauve, aux yeux fuyants et au visage ravagé, avait attiré mon attention dès que j'étais entrée ici. Lui qui négociait les « affaires » des filles ne m'accorda pas le moindre regard, bien que des hôtes eussent manifesté leur intérêt pour un rapprochement plus intime. Un jour, alors qu'un policier ivre voulait m'enlacer, Irča en personne intervint.

– Monsieur l'officier, cette fille va se marier à Želary.

Cette information dégrisa presque entièrement le petit bonhomme. Je n'avais pas idée de ce dont il retournait. La vieille Mája, une extra qui avait quarante ans et en paraissait soixante-dix, me donna le fin mot de l'affaire. Elle m'expliqua que toucher une fiancée de Želary signifiait, tôt ou tard, se faire mettre sur la gueule.

J'en conclus que je vivais sous une protection particulière, pourtant mon nouveau foyer commençait à m'apparaître sous un jour étrange.

Je vais me marier en Sicile !

Joza, qui plus est, avait ici une réputation de mastard. Sa force était légendaire.

Rien d'étonnant à ce que certains clients se soient mis à me saluer.

Les collègues, elles, m'envoyaient des signes d'une autre nature, voilés mais univoques. Cela aussi Mája me l'expliqua bientôt. J'allais épouser l'idiot de Želary.

À une seconde d'effroi succéda l'apathie. Je n'avais pas le choix.

Cette brutale révélation, je ne pouvais pourtant l'écarter d'un haussement d'épaules. Aux yeux de tous, je portais la marque de mon propriétaire.

Contre toute logique, les témoignages d'une hostilité mal dissimulée m'offraient une amère consolation. Joza lui-même scella sa réputation. Il m'apporta un cadeau : un singe tenu par une laisse de caoutchouc. Une attraction de foire pour les enfants de Želary.

Je cherchai à connaître les détails de son accident. Je ne réussis cependant à apprendre que ce que je savais déjà. Une pile de bois s'était effondrée sur lui à la scierie. Personne ne se souvenait de rien d'autre.

Peu après, l'un des ouvriers avait bien été congédié, mais c'était là, paraît-il, le sort des ivrognes.

Après quelques jours, je pressentis qu'Irča avait dans l'idée d'établir des relations d'amitié avec moi. Elle m'invita dans son appartement, probablement pour s'enorgueillir de ses commodités. Elle me présenta au passage son mari sénile.

Autour d'un excellent café à la crème fouettée, son monologue n'était qu'une chaîne de soupirs. Elle m'offrit également des pâtisseries, du jambon, d'ordinaire inabordable, et des oranges.

– Tu sais, Hanka, me dit-elle, tu as évolué dans une bien meilleure société, tu comprends comment je me sens ici. Parfois, je me morfonds tellement de n'avoir personne à qui parler.

Dans deux verres de cristal taillé, elle versa une liqueur que je goûtai à peine tandis qu'elle but d'un trait avant de se resservir. Au bout d'une demi-heure, elle sombra dans une soûlographie geignarde.

– Tu as vu mon mec, Hanka, je n'ai pas besoin de t'en dire plus.

Elle avait commencé par un soupir et fini avec un hoquet.

– Je suis encore potable, et tous ces hommes autour de moi qui s'étalent avec ces roulures, parfois je me dis que je vais devenir dingue, parce que moi, Hanka, je n'ai pas le droit de me les payer, moi. Tu comprends ?! Seigneur Jésus, qu'est-ce qu'elle m'apporte cette vie ?!

Elle but un coup.

– Toute cette crème de misère, en ville, retrousse le blair à mon passage, même cette vieille édentée de Buchla, tailleur pour messieurs et dames, comme si je n'étais même pas un être humain. Dis-moi, Hanka, je suis un être humain ou pas ?

Je l'assurai qu'elle était bien un être humain et elle se moucha avec soulagement.

– Parce que moi, Hanka, je suis de Želary, moi. C'est là-bas qu'est ma place, c'est là-bas que j'aurais dû me marier. Je me suis laissé charmer par ce minable friqué… Sans doute il ne m'a jamais battue, mais Irenka par-ci, Irenka par-là, qu'il aille se faire foutre, une femme peut supporter quelques volées, mais de la part d'un gars qui en vaut la peine.

Elle donna de la tête contre la table et se mit à ronfler.

Terrorisée, je m'éclipsai furtivement.

Alors là, moi, contrairement à elle, je ne suis pas de Želary.

6.

Joza me rendait visite le lundi matin, pendant que les filles et Irča faisaient la grasse matinée et qu'un vieillard demeuré déambulait dans les salles vides comme un fantôme.

Les balades dans le bourg m'ennuyaient. Joza le comprit et proposa que nous nous promenions le long de la rivière. Entrer dans la forêt et grimper toujours plus haut par les étroits sentiers, cela m'évoqua aussitôt les rives de la calme Svitava. Ma gorge se serra. Je désirais marcher et marcher encore – fuir tout cela.

Dans ce décor saturé de verdure, dans le bruissement de torrents cachés, des moments très chers me revenaient.

Joza et moi marchions côte à côte, chacun dans son propre paysage. Pour lui comme pour moi, cette rencontre hebdomadaire était une pesante obligation.

De temps à autre, l'un de nous deux lâchait une phrase qui ne permettait pas de nouer le dialogue, nous passions donc la plus grande partie de mes deux heures libres à nous taire. Il ne me vint jamais à l'esprit que le lundi n'était pas jour de repos pour Joza et qu'il devait rattraper les heures perdues.

Au fur et à mesure, l'idée de passer le restant de la guerre chez Irča s'incrustait en moi. Šádova Huť, comme trou, me paraissait suffisamment sûr.

Je n'avais pourtant pas le courage de lutter. Je ne suis pas tante Řina.

Je dévalais la pente en roue libre.

À la veille de la noce, Joza me conduisit à la maison du vieux Mánek. Irča me fit un signe de croix pour me dire adieu. D'émotion, ou par un effet de l'alcool, ses yeux s'étaient embués.

Pendant la bonne heure que durait le trajet le long de la rivière, Joza me prépara aux insuffisances de l'habitat dont j'allais devenir la maîtresse dès le lendemain.

– Il n'y a pas encore beaucoup de meubles, commença-t-il prudemment, comme si cela m'importait… Mais j'arrangerai ça bientôt avec Žeňa.

Avec Žeňa ?

– J'ai déjà les matériaux dans la remise. Ne m'en veux pas de t'avoir laissée si longtemps chez Irča, mais il nous fallait poser les vitres aux fenêtres, réparer le toit et tout.

Jusque-là, il n'avait pas prononcé le moindre mot au sujet de notre habitation. Je commençai à soupçonner que, d'ici peu, mon séjour dans le lupanar d'Irča allait me sembler délicieux.

– Autrement, tout est prêt, continua-t-il. C'est une maison assez grande : une cuisine, une chambre, un couloir et une remise... (Ça promet !) Dans le jardin, nous avons gardé les pommiers, le prunier et le griottier, nous n'avons fait que les tailler un peu. Il y a aussi une rangée de noisetiers, des framboises et des mûres. Ceux-là, nous les avons tous laissés.

– Tu dis nous. Toi et Žeňa ?

– Comment ça, Žeňa !

Il rit (Dieu sait de quoi).

– Pour la maison, Pavel, Prokop et Honza m'ont aidé. Tu feras leur connaissance. Les garçons de Pavel aussi. Žeňa me dit seulement comment je dois faire les étagères, l'armoire et tout ce dont nous aurons besoin. (Pourquoi penses-tu que je ne pourrais pas te le dire moi, sacré bon sang ?!) Žeňa s'y connaît, conclut-il, comme pour répondre à mon aboiement muet.

Une étrangère s'est immiscée dans ma baraque dès le premier jour !

Mais, à présent, il se passe quelque chose au-dessus de nous. Une maison isolée. Je ne savais pas encore qu'à Želary toute maison est isolée. Un homme, un bâton à la main, poursuit une femme. La femme court autour de la maison, elle halète, on peut même entendre son souffle de l'endroit où nous sommes. Ses talons soulèvent derrière elle des gerbes de sable. Il n'a pas plu depuis longtemps.

Une scène digne des premiers burlesques.

Je me retrouvai là-haut en quelques pas, je ne sais comment.

– Laissez-la tranquille ! Vous entendez ! Laissez-la !

– De quoi tu te mêles, salope ?!

Il cracha à mes pieds.

Au même instant, il buta contre Joza comme s'il était un arbre. Un seul coup de poing à l'épaule et le voici à genoux. Il regarda Joza en levant les mains de façon conciliante.

– C'est bon, Joza, c'est bon.

Joza le souleva du sol d'un seul mouvement.

Ils s'observèrent un moment en silence. Puis mon futur mari se retourna et nous reprîmes notre chemin.

Mes jambes tremblaient.

Quand je me retournai, je vis l'homme se frotter le bras.

– Tu lui as meurtri l'épaule, fis-je remarquer.

– Je suis un peu trop fort.

À l'hôpital, j'avais bien constaté la musculature de Joza, trempée depuis sa jeunesse par le labeur, mais elle n'avait rien d'exceptionnel. Le type qui venait de reculer devant Joza m'avait semblé plus grand, mieux bâti, et sûr de lui, avec ça, dangereux et féroce. À côté, Joza avait l'air d'un agneau.

Fascinée, je fixai du regard ses bras ballants.

7.

La chaumière de Mánek était située sur un plateau mais, pour l'atteindre, il fallait remonter une cavée en pente douce. Elle avait charmante allure et sentait le bois frais. Joza désigna trois habitations semblables, les seules maisons qu'on pouvait voir.

– Au-dessus habite Lucka, à côté Žeňa et, à gauche, les Juriga.

Sur une immense étendue, trois bicoques. Mon attention fut attirée par quatre vaches en pâture sur un aplat herbeux aux dents rocailleuses. Des champs miniatures, des arbres isolés. Leurs formes disaient assez qu'ils n'appartenaient pas à la forêt, dont l'arrière-plan était couvert jusqu'à l'horizon. Il n'y avait pas trace ici du moindre village. Debout au seuil de mon futur foyer, je regardai alentour avec embarras.

– Où est le jardin ?

Joza embrassa d'un geste les environs. Le mystère des arbres isolés. Les pommiers, le prunier, le griottier. Une rangée de noisetiers étonnamment droite devant laquelle un bout de terrain avait été défriché et labouré.

À Želary, on ne sait pas ce que c'est qu'une clôture.

Bien qu'intérieurement préparée au milieu montagnard, je ne m'attendais pas à une telle indigence. Un sol de terre battue, des murs nus, une seule étagère, une patère, un banc, une table. Dans la chambre, un large lit avec deux paillasses et, entre les petites fenêtres, une sorte de caisse.

Joza ne remarqua pas mon trouble car il s'occupait de la seule chose digne d'attention dans notre cahute : le poêle carrelé de faïences, sorte de grand pavé beige à cheval entre la cuisine et la chambre. Deux récipients étaient posés dessus. Une énorme marmite, sans doute pour l'eau chaude, et un pot plus petit. Tous deux étaient en terre.

– Assieds-toi, en attendant.

Lui-même avait pris place sur un tabouret près du poêle, ses mains disparaissaient dans le foyer. Il ne se retourna pas.

Je me suis assise sur le banc. Mon effroi était en train de se muer en hystérie.

Demain je vais me marier ici et prendre résidence dans ces appartements.

Mon futur maître versa dans la marmite toute l'eau d'un baquet qui se trouvait dans l'entrée, puis il partit Dieu sait où le remplir à nouveau. Je fermai les yeux et luttai contre mes tremblements. Une fois que je les eus vaincus, je me sentis privée de tout sentiment. L'indifférence s'empara de moi. Tout est en ordre, tout est comme ce doit être, ne pense à rien.

Il commençait à faire sombre. Joza alluma une lampe à pétrole. Lui-même sans cesse en mouvement, il imputa mon silence, mon immobilité, à la fatigue du trajet.

Absence d'eau courante, absence d'électricité et encore une dizaine d'absences.

Lieu de ma perdition.

Peut-être viennent-ils, à l'instant, de casser la mâchoire de Radoslav Chládek, peut-être sont-ils en train de lui tabasser les reins.

Je laissai échapper un couinement.

Joza se retourna brusquement.

– Qu'y a-t-il ?

– Rien, Joza. Je viens de me rappeler quelque chose. C'est déjà passé.

Il vit que ce n'était pas passé, que j'étais figée jusqu'à la moelle.

– Viens t'asseoir près du poêle.

Il me souleva comme un pantin, m'assit sur le tabouret et approcha la table pour me caler le dos.

Travailler le bois, c'est son métier.

– Mes nerfs sont en miettes, Joza. Nous vivons une époque insatiable.

Je ne sais pas pourquoi je choisis justement ce mot. D'ailleurs, chaque époque est insatiable à sa façon, ce n'est pas la peine d'en rajouter sur celle-là.

Il ne savait que dire ni que faire. Il s'assit par terre, près de moi, puis chargea le poêle.

Le seul humain qui me soit proche. La seule créature qu'il me reste.

Près du sol, une truffe froide et humide me toucha la main. J'avais oublié de le mentionner, ce chien. Dès notre arrivée, il s'était mis à se tortiller autour de nous. Joza me l'avait présenté en le nommant Azor, et je pensai qu'il venait d'une des chaumières des environs. Il semblait maintenant que c'était le nôtre.

Il m'avait bavé dessus et s'était étalé par terre, si bien que Joza avait dû le contourner pour aller chercher du bois. Apparemment, ça ne le dérangeait pas.

Dans le petit pot de terre, l'eau frémissait. Je ne savais qu'en faire. Mais Joza revint juste à temps, rajouta de l'eau, puis y jeta une poignée de plantes qu'il avait prise d'un petit sac, sur l'étagère.

– La tisane sera prête dans un instant.

La senteur des herbes, la chaleur du poêle, une lampe à pétrole. Par terre, un chien grisonnant. Comme dans les contes de grand-mère.

– Raconte quelque chose, Joza.

– Je ne sais rien d'autre que ce que je t'ai déjà raconté à l'hôpital.

Je n'avais pas parlé de revenir sur l'hôpital.

– Raconte ce que te racontait ta maman.

Il me regarda, pris au dépourvu.

– C'étaient surtout des contes de fées.

– Raconte un conte de fées.

Ça se passait très loin, comme tout ce qu'il m'a jamais

raconté, ça n'entrait en contact avec le présent qu'au carrefour magique où les différents mondes fusionnent en un seul.

Sous une lampe à pétrole, dans le parfum d'une infusion, près d'un poêle de faïence, un homme adulte racontait un conte de fées à une femme adulte dans la nuit qui précédait leurs noces.

L'histoire, que je n'avais encore jamais entendue, était simple.

Une gardeuse d'oies courut se réfugier dans la forêt pour s'abriter de l'orage, du tonnerre et des éclairs. Dans une clairière, la foudre frappa devant elle et fit surgir un beau château entouré de parterres de fleurs. Piquée par la curiosité, elle s'avança vers l'escalier de marbre. Trouvant la porte ouverte, elle hésita, mais ne résista pas. Elle entra. Elle entendit de la musique, des voix et des rires. Elle se promena de salle en salle. Dans l'une, elle trouva une malle pleine de vêtements et de bijoux somptueux. Elle se glissa dans une robe resplendissante et se plaça devant le miroir. Elle arrangea ses cheveux, les retenant avec des peignes avant d'y nouer un ruban. La musique la guida jusqu'à la salle où se divertissait une noble société. Méconnaissable, elle s'assit à une table couverte de mets délicats et fit bonne chère. Alors, un prince charmant se présenta devant elle pour la convier à une danse. Elle lui tendit la main et dansa avec lui, comme ivre.

Soudain, la musique s'arrêta. L'assemblée éclata de rire.

Elle se figea, encerclée par une inimitié soudaine.

Tous regardaient ses pieds rugueux, crevassés, nus : elle n'avait pas mis de souliers puisqu'elle n'en avait jamais porté.

La Princesse aux pieds nus !

Avant de la chasser, ils l'autorisèrent à prendre un souvenir. Elle choisit une plume verte. Celle-ci flottait au-dessus du plancher, légère comme un souffle, un nuage de poussière négligé par le balai d'une servante.

Pendant ce temps, l'orage avait cessé et, lorsqu'elle sortit de la forêt, elle vit son troupeau d'oies sur le coteau.

Elle tenait toujours sa plume verte à la main.

La voix basse de Joza m'indiquait à quel point il était concentré sur ce qu'il racontait. Sur cette étrange fable.

L'effroyable vérité commençait à m'apparaître. Les paroles des filles d'Irča n'étaient pas que du vent. Demain, je vais épouser un idiot.

Qu'on me montre cette plume verte ! Qu'on me montre une seule plume susceptible de m'envoûter !

Ce petit récit avait été prétexte à des descriptions immensément longues. Joza enfilait les images l'une après l'autre comme les perles d'un collier.

Il est possible qu'un conte ait ainsi succédé à l'autre, mais je ne m'en souviens plus. Je m'étais endormie.

* * *

Je me réveillai dans un grand lit, sans chaussures, comme la gardeuse d'oies, mais habillée, sous une couverture.

J'entendais Joza s'affairer dans la cuisine, d'où se répandait déjà l'odeur de la tisane. Je commençai par m'étirer, puis je lissai ma robe.

Sur le banc, près de la fenêtre, était assis le miracle de Joza : Žeňa. Une fille tout en angles, qui souriait continuellement, et chaque sourire creusait des fossettes à ses joues. Bien que j'eusse déjà un a priori contre elle, je ne pouvais pas ne pas apprécier ses vêtements : un mélange de costume traditionnel et de modèle de haute couture. Sa robe était d'un tissu brut avec une large ceinture brodée.

Nous nous serrâmes la main.

Une poignée de main me dit beaucoup. Celle de Žeňa était ferme, sans féminité. Elle me regarda avec gêne mais je ne m'y trompai pas. Elle m'examinait comme si j'étais une pièce d'exposition.

– Žeňa va t'habiller.

Un orage éclata en moi. Pourquoi devrait-elle m'habiller ? Cette robe claire, sobre, dans laquelle je suis arrivée et que je peux bien porter à mon mariage dans ce coin perdu, je suis quand même capable de m'en vêtir moi-même !

Žeňa partit en courant.

Joza versa de l'eau chaude pour ma toilette dans une cuvette d'argile. Les événements marquants de la veille se renouvelèrent.

Avec une grande fierté il me montra le cabinet de toilette en bois, auquel on accédait par la remise. L'entrée en était bordée par une pile de bûches à débiter. Une énorme caisse de sciure se trouvait dans un coin.

Le poêle chauffait, sur la table étaient disposées des tasses de tisane et une petite corbeille d'osier contenant une miche de pain et deux petits pains blancs. Les petits pains étaient pour moi.

À peine avions-nous terminé le petit déjeuner que Žeňa était de retour. Elle apportait un panier d'osier. Joza eut une expression de contentement et disparut. Le contenu du panier se retrouva sur le banc. J'appris que c'étaient les costumes du club de théâtre.

– Vous pouvez prendre soit une perruque et cette robe, soit un voile et ceci.

Faire remarquer à Žeňa que je ne m'apprêtais pas pour un bal costumé eût été sans doute une perte de temps.

– Merci, j'ai des vêtements bien assez convenables.

– Vous ne pouvez pas vous habiller comme ça.

– Pourquoi ?

– Surtout à cause des cheveux. Portez ceci à la maison.

Elle me tendit deux fichus, un bleu avec un ourlet brodé, et un beige, brodé lui aussi.

– Jusqu'à ce que votre chevelure soit suffisamment développée.

Jusqu'à présent, je me suis développée seule, merci.

Je me trouvais sous la coupe des traditions imbéciles d'une tribu de sauvages pour laquelle quelque chose comme le droit de l'individu ne signifiait rien. Je choisis le voile parce qu'il me semblait plus incongru que le reste. En le portant, j'avais l'air d'une sauvagesse, d'une *divoženka*[1] effarouchée.

Je pressentais que la bouffonnerie ne faisait que commencer et je ne me trompais pas. La raison me conseilla d'écouter Žeňa en tout point.

Grâce à cela, je pus souffrir sans dommages les us et coutumes locaux ainsi que la célébration de l'office et enfin, le soir,

1. [Divojèneka]. Fée des bois.

l'insupportable compagnie des gueulards soûls à l'auberge de Želary. Je me dédoublai, à la fois sujet subissant les noces et spectateur éberlué.

Je m'étais retrouvée quelquefois déjà dans une situation semblable, une fois à vrai dire, lorsque la famille avait organisé une ripaille funèbre pour la mort de ma grand-mère.

Je percevais des vibrations qui altéraient mes tissus, je les entendais par moments en une note aiguë. Tandis que la fréquence augmentait, le son devenait un imperceptible sifflement de scalpel. Ensuite, la limite était franchie et je cessai de percevoir quoi que ce fût. Je savais que le scalpel achevait sa trajectoire, je savais que la vibration était toujours là, quoique déjà hors de mon corps.

L'incision ne laissa aucune trace.

L'esprit absent, je regardais calmement tout autour de moi et j'observais l'étonnant rituel. Comme toujours, les visages attiraient mon attention. Certains montagnards étaient rudement beaux, d'autres étaient rustres et mal dégrossis.

Leur intérêt pour ma personne était parfaitement superficiel. Ils ne voyaient en moi qu'une originale avec laquelle ils jouaient un instant.

La gnôle des noces était pour eux bien plus enchanteresse.

Tout le village s'est probablement retrouvé à mon mariage. Il y avait un monde fou à l'église comme à l'auberge. Je me suis mariée en un site remarquable, où avait eu lieu, il y a très longtemps, un miracle... une apparition de Marie-Madeleine.

Le curé de Želary aussi avait quelque chose de la femme repentante.

À l'auberge, deux adolescents me firent une forte impression. Ils ne participaient pas au tapage ambiant. Ils restaient assis à l'écart et me déchiffraient avec des regards appuyés. Bizarrement, cela ne me sembla ni importun ni désagréable. Je demandai leurs noms à Joza. Les deux sauvageons, comme il les qualifia, se nommaient Vratislav Lipka et Vojta Juriga. Ce qui les faisait se distinguer, il ne me le dit pas.

Lipka était un orphelin à la charge de la commune, Vojta était le fils de Pavel, un montagnard exceptionnellement beau. Il n'avait pas hérité de la beauté hors du commun de son père, mais son visage me laissa deviner une force à laquelle mieux valait ne pas être confronté.

Vers minuit, je sortis en titubant sous un vent fort mais vivifiant. Joza, qui avait dû trinquer sans cesse, semblait néanmoins sobre. Méconnaissable, transformé par la nuit, le paysage avait un charme irréel.

Dans la cahute du pauvre Mánek, le poêle de faïence chauffait toujours et la tisane était encore tiède.

Nous étions assis côte à côte sur le banc, la lampe à pétrole dessinait un cercle spectral sur la table. Entre nous la tension augmentait. Nous aurions pu rester assis comme ça jusqu'au matin. Je me décidai à agir. Je saisis Joza fermement par la main et le menai dans la chambre. Dans la claire obscurité des nuits de montagne, je mis une chemise de nuit que je retirai ensuite par le haut. J'eus recours à ma force intérieure, à mon obstination, à ma parfaite maîtrise de moi. Tu m'as sauvé la vie, je ne vais pas te refuser ta solde.

Je laissai mon regard glisser le long des grosses pinces ballantes de Joza et coiffai ma couronne de martyre. J'appuyai mes mains sur ses épaules. Son regard fixe me dégoûtait et même, dans une certaine mesure, m'effrayait. Je pris une profonde inspiration. Le coucou au mur, cadeau de mariage de Juriga, marquait de son tic-tac le temps indompté.

Le regard de Joza était insoutenable. Pour la première fois de ma vie et pour la dernière, comme la suite le montra, j'éprouvai une répugnance au-dessus de mes forces. Ça croissait en moi comme une tumeur.

Le visage de marbre au-dessus de moi eut enfin un mouvement.

– Il faut que je te dise quelque chose.

J'eus un sursaut.

– Je t'ai été infidèle.

De tout ce qu'il aurait pu dire ou faire, c'était là le plus monstrueux. Je n'avais pas épousé un idiot mais un fou. Je passai rapidement en revue la journée qui venait de s'écouler.

– Aujourd'hui, pourtant..., balbutiai-je en grelottant.

– Pas aujourd'hui. Il y a longtemps.

Tout en me demandant si je n'avais pas une hallucination,

j'appris l'existence d'une coureuse locale, Běta Látalová, la fille de l'aubergiste. Elle avait vu Joza tous les jours sans lui accorder la moindre attention jusqu'au moment où elle s'était aperçue qu'il manquait à sa collection. Comme il ne répondait pas à ses avances de la façon souhaitée, une nuit elle était passée par la fenêtre ouverte pour se glisser directement dans son lit.

J'eus besoin de me concentrer un instant.

– C'est du passé, Joza.

Laissant de côté la petite aventure de Joza, je pensai à Richard.

Je me forçai à un sourire inepte et l'embrassai. Il eut un sursaut.

– Tu veux que je t'embrasse aussi ?

Ce n'est pas possible !

J'ai certainement dû acquiescer puisqu'il a déposé un baiser sur mon front de ses lèvres sèches et serrées. Encouragé par le fait que je ne m'étais pas détournée, il m'embrassait d'une manière très étrange : il pressait mollement ses lèvres sur mon visage. Il mettait dans son toucher autant de cœur que s'il accomplissait une mission.

Cela dura longtemps, mais pas suffisamment pour que je me ressaisisse.

J'écarquillai les yeux sur les ombres mouvantes.

Ses grosses pinces ne restèrent pas inactives. L'une d'elles m'enserra le dos. J'eus une sensation de joie spasmodique. Ou d'autodestruction. Qu'est-ce qui pouvait bien s'éveiller en lui ? Guidée par une impulsion irrationnelle, j'avançai les bras et les calai sur la nuque de Joza. Je succombai à la panique pendant une seconde, à l'instant où la deuxième pince me saisit.

Il était totalement différent de Richard. Avant tout, il était on ne peut plus farouche. Il ne connaissait rien de rien à la délicatesse raffinée de l'amour physique.

Je n'eus pas le temps de me remettre les idées en place qu'Azor avait bondi entre nous. La chute qu'inconsciemment nous attendions.

– Il est habitué à dormir à mes pieds, marmonna Joza. Si ça t'embête…

– Ça fait rien ! m'écriai-je.

Par la fenêtre entrouverte, un vent glacial se faufila jusque sous ma couverture. Je me blottis contre mon mari parce qu'il tenait chaud. Il se tourna sur le côté et son bras libre vint se poser sur moi comme l'aile d'un ange.

La nuit de Želary se diluait en une pénombre gris perle.

Le lendemain, la scène se répéta, puis encore et encore, si bien que je finis par garder ma chemise sur moi, dans l'expectative.

Il ne se passa rien du tout.

Nous dormions dans les bras l'un de l'autre comme deux enfants.

Je fus envahie par la honte d'avoir ainsi dévoilé le mystère de ma chemise de nuit. Joza respirait, paisible, dans son sommeil de manœuvre sainement fatigué, et, moi, je scrutais les claires ténèbres, me frayant un passage dans mon désarroi sans parvenir à la moindre conclusion satisfaisante.

8.

Je n'aurais jamais cru qu'un paysage pût être terrifiant. À présent je le sais d'expérience. La forêt était percée de rochers livides autour desquels s'entremêlaient de tortueux sentiers. Ils étaient reliés entre eux avec une absurdité à vous faire perdre la tête, se croisant de telle manière qu'il était possible d'y tourner en rond à l'infini. Dans la vallée, une rivière rugissait. Elle était si vive qu'on ne pouvait la traverser que lors des étés torrides, quand le niveau de l'eau baissait et laissait émerger les pierres. Le sifflement ininterrompu du vent venait de tous les points cardinaux. Je n'étais entourée de silence que sur de ridicules petits plateaux, ici sablonneux, là herbeux, ailleurs moussus et imbibés d'une eau jaillissant de sources cachées un peu partout. Mais, au bout d'un moment, ce silence me paraissait abominable.

Les chaumières de bois, basses et isolées, se fondaient dans le paysage.

On ne pouvait parler de village qu'aux alentours de l'église et de l'école. Il s'y trouvait même une auberge qui faisait office de boucherie et d'épicerie, un bazar où l'on vendait les produits les plus divers et, face à l'auberge, la forge. Le chemin qui y conduisait ne pouvait être qualifié de route qu'avec la meilleure volonté. Il permettait de rejoindre la scierie et, dans l'autre sens, de descendre vers Šadova Huť. Suivant le cours de la rivière, il était tout aussi tortueux qu'elle.

Šadova Huť, cette vivante petite ville au visage fardé, à proximité de laquelle j'avais échoué, ne me rappelait pas mon chez-moi mais, au moins, elle ne me terrifiait pas. Les rues m'étaient familières, comme les vitrines et les grimaces des passants à la hâte inutile.

Elle était blottie dans un bassin, sur un espace beaucoup plus petit que le minuscule village qui m'avait engloutie. Lorsque je me retrouvais à quelques mètres derrière notre maison, dans la pénombre de la forêt, il n'y avait rien, nulle part, comme si Želary n'existait pas.

L'angoisse me chassait vers l'esplanade, devant l'auberge. Il se trouvait là des passants, des attelages de chevaux cahotaient, des enfants poussaient des cris stridents. Les gens d'ici me saluaient, mais à la façon dont les chiens flairent un individu douteux.

Je pressentais qu'entrer dans la gargote qui débordait de vie, entrer et me commander ne serait-ce qu'une assiette de soupe était impensable.

Dès le premier jour, on m'avait bien fait comprendre mon état de femme.

Je me sentais abandonnée, vouée aux grâces et disgrâces que voudrait bien m'accorder ce village inexistant. Mes vieilles certitudes étaient détruites par les grondements de la rivière, dispersées par l'air saturé d'odeurs inconnues, noyées dans des trombes de couleurs allant du léger roux de la terre jusqu'au ciel changeant, en passant par les teintes de vert les plus nuancées.

Dans les moments où je revenais à moi-même, je spéculais avec sang-froid sur l'instant où j'allais devenir folle ici.

En somme, c'était dans la masure du vieux Mánek que je me sentais le mieux. Je passais là des heures interminables, mais au moins j'y trouvais une relative sécurité.

Joza partait sans me réveiller. Le poêle chauffait, sur la table se trouvait un panier contenant du pain, des légumes de saison, des pommes de terre, des œufs et, parfois, un peu de fromage frais et une motte de beurre enrobée d'une feuille de chou. À côté, une cruche de lait. Je prenais cela pour un phénomène naturel, pareillement à tout ce qui m'arrivait. Ma journée n'était qu'une attente de Joza. L'ennui était un rien dissipé par la bouillasse que je faisais pour le repas.

Joza mangeait tout sans faire la moindre remarque. Même ce dont je rougissais. Il n'y avait que la tisane et l'eau chaude pour la toilette que je savais préparer sans erreur. Je me lavais dans la cuisine chauffée, et lui utilisait le baquet dans l'entrée. Le froid ne le dérangeait pas. Il rentrait sale et fatigué, mais à peine s'était-il débarbouillé qu'il revivait. Il se mettait à table avec un appétit incompréhensible comme si, au lieu de mes pauvres créations, c'était un repas de fête qui l'attendait.

Il s'en fallait parfois de peu que je ne me misse à pleurer.

J'observais Joza avec une incessante suspicion et j'attendais de voir quand il allait se révéler. Je n'avais aucune raison de me faire des illusions. De façon incomplète, quoique bien suffisante, j'avais fait connaissance avec la condition de la femme à Želary, dépendante de son mari nourricier.

Une loi tacite, sur laquelle même ces femmes qui menaient la vie dure à leurs maris eussent prêté serment.

Pour l'instant, Joza ne m'avait jamais donné d'ordre. Combien de temps allais-je être encore « madame le docteur » pour lui ?

Quelque quinze jours plus tard, il dit :

– Dimanche, Pavel vient avec ses garçons, nous allons poser les planchers.

Je ne savais que faire de cette information.

Le dimanche, tôt le matin, il vint vraiment une gerbière chargée de larges planches, qui s'arrêta dans la cavée. Žeňa arriva avec les garçons et sa fille Jiřinka. Elles portaient un panier de provisions.

Le système des tickets de rationnement n'était pas en vigueur à Želary. Seuls les coupons pour le tabac avaient une valeur marchande. Un moyen de paiement important pour Joza et moi.

Juriga élevait quatre vaches, dont une était déclarée à l'administration. Quand la situation devenait trop « chaude », le bétail disparaissait par des chemins secrets, de l'autre côté de la frontière, dans la Slovaquie du Reich, chez un copain compréhensif.

Tout passait en fraude, même les chevaux.

Des deux côtés de la frontière, un commerce actif bouillonnait.

La plupart du temps, le butin disparaissait dans les gosiers sans fond des soûlards.

Après Žeňa et Jiřinka, les jumelles de Juriga nous rejoignirent en sautillant. Je sus enfin d'où venaient le panier et la cruche du matin. Les fillettes les apportaient avant d'aller à l'école, pendant que je me prélassais au lit.

À Želary, on ne fermait pas les portes à clef.

Tout le monde, excepté moi, se mit au travail.

En tant qu'ouvrier de la scierie, Joza avait du bois pour presque rien. La sciure et les chutes de planches nous étaient livrées gratuitement. Ces « avantages en nature » venaient compléter un salaire misérable.

La fabrication des planchers se déroula vite, avec pragmatisme et précision ; je ne cessais de m'en émerveiller.

Je me joignis au travail dans la cuisine. Je nettoyai les légumes.

Le soir, je m'arrachai une phrase humiliante :

– Žeňa, apprenez-moi à cuisiner.

Elle me répondit de ses deux fossettes.

Petit à petit, elle m'apprit à cuisiner, à coudre, à tricoter, à faire du crochet et du macramé, à lier des balais, à travailler au tour de potier, à m'occuper du jardin. Mes mains habituées au scalpel négociaient avec la cuillère en bois, l'aiguille, le râteau, la houe, la faux.

La seule chose que m'interdit Joza était de couper du bois.

Je ne comprenais pas pourquoi, mais je ne lui posai pas de question.

Si j'avais réfléchi à la raison pour laquelle ces activités inhabituelles me mettaient en joie, j'eusse été effrayée.

Je n'y réfléchis pas.

De ma vie je n'avais encore jamais pris quoi que ce soit avec une telle évidence.

Soudain, la joie était là. Elle me poussait à un travail pour lequel je ressentais de l'aversion depuis mon enfance. Même lors de nos vadrouilles, griller les saucisses, cuire la soupe, poêler les champignons, me semblait relever de l'humiliante obligation par laquelle les filles étaient sujettes à discrimination.

Dans la chaumière de Mánek, je balayais l'entrée sans sensation désagréable. Pas la moindre. Même la planche des toilettes, je la frottais avec plaisir.

Grand-mère m'en avait parlé jadis. Le travail rend heureux.

J'avais été un médecin heureux.

J'étais à présent l'heureuse maîtresse de maison d'un « idiot du village ».

En peu de temps, notre chaumière se trouva pourvue de toutes les commodités.

* * *

Chaque matin, je retrouvais la brutalité du quotidien.

Je me réveillais très tôt. Même si Joza s'efforçait de faire le moins de bruit possible en se levant, ça ne servait à rien, sa chaleur partait avec lui. Parfois, j'étais réveillée avant lui et je décomptais sur l'horloge à coucou le temps qu'il me restait avant que mon nid ne fût défait. Il passait au galop. Cette douce flemmardise était rognée par ma colère.

Après une longue lutte, je m'ordonnais de me lever en même temps que mon homme. Je lui donnais cinq minutes puis je commençais à le suivre. Je le rattrapais près du poêle. Je prenais la bûche de ses mains aux veines saillantes que personne n'avait jamais épargnées.

Savez-vous ce qu'est la pyromanie, monsieur Janda ?

Il ne le savait pas.

En revanche, il savait sourire comme un ange.

Je préparais son petit déjeuner, j'emballais son casse-croûte dans une serviette (du pain avec du fromage frais à la ciboulette) et, après son départ, je me campais sur le seuil de la chambre. Étrangement fraîche et éveillée.

Le prodige était survenu d'un seul coup, avait littéralement surgi du néant.

Ce n'était d'ailleurs pas le seul prodige. Entre les fenêtres, auxquelles flottaient des rideaux de maille, étaient disposés une petite table et deux fauteuils d'osier. Face au lit, une armoire à trois corps aux portes cannées. Le fond en était recouvert d'un papier au délicat motif beige. Les couvertures surpiquées étaient bourrées de la laine des moutons de Želary.

Dans la ville pleine de lumières, de théâtres, de pinacothèques, de salles de concert et de larges rues aux vitrines débordantes, mon terrier impersonnel s'était imperceptiblement changé en un cadavre prêt pour la table de dissection.

Ici, les choses inanimées s'épanouissaient sous les mains de Joza et de Žeňa, comme par magie.

Je n'arrivais pas à croire à ma propre passion créatrice, à mon engouement pour le travail manuel. Une petite corbeille réussie, des moufles tricotées avec un motif de mon invention ou tout simplement une salade de légumes, mélangés avec astuce, me mettaient en extase.

Un petit meuble était calé à la tête de notre lit : une étagère, la bibliothèque de Joza. Elle contenait des fascicules brochés de la collection « Terres et Peuples ». Žeňa les avait trouvés en nettoyant le grenier de l'école et les lui avait donnés. Il les connaissait presque par cœur.

J'aurais pu lire ses livres. Je préférais cependant, dans le calme des soirées et la pénombre qui s'assemblait, qu'il me guidât lui-même par les forêts vierges, les déserts, les pampas, les toundras, me présentât les animaux exotiques et les gens des pays lointains.

Dans ces moments-là, son visage rayonnait.

* * *

Le matin, avant de retourner dans la cuisine, j'aérais la literie, j'ouvrais grand les fenêtres pour inviter le vent à jouer chez nous. Je me regardais dans le miroir suspendu au-dessus de la petite table, entre les fenêtres. Ce petit colifichet de kermesse, dont le cadre était un pain d'épice en forme de cœur, Joza l'avait jadis acheté pour sa mère qui l'avait gardé jusqu'à sa mort. Je m'arrêtais aussi devant notre seul tableau. Il avait été fait par Žeňa selon une technique particulière. C'était une broderie à la trame grossière, tendue sur un cadre de paille. Il représentait un étang où se reflétait un marsault en fleur. Žeňa l'avait chargé d'un message mais elle ne m'a jamais dit lequel. À ma question, elle avait répondu que c'était une image en souvenir de sa sœur morte, Cilka.

Le chalet de Mánek ne suffisait pas à épuiser ma frénésie de travail, si bien que mon monde s'était élargi à toutes les chaumières alentour.

La traite des vaches et le fauchage de l'herbe chez les Juriga comptaient parmi mes plus hautes expériences. Leurs huit enfants, y compris l'inaccessible Vojta, m'appelaient « tata » sans façon, ce qui me touchait et me réchauffait le cœur.

La femme de Pavel, Juliška, m'avait confié la faux avec méfiance, et il est vrai qu'au début je la plantais en terre, avant de maîtriser son maniement et la courbe gracieuse de la coupe. Avec les vaches, c'était encore pire. Ces énormes bêtes me faisaient peur, surtout quand elles se tournaient vers moi d'un air suspicieux. Pendant la traite, elles dénouaient mon tablier, dont elles mâchouillaient les cordons. Je tremblais au moment de m'asseoir sur le tabouret bas, devant les pis gonflés. Ils étaient si durs que j'en étais déconcertée. Je sentais mal mes pouces et Juliška devait finir de traire après moi.

Je ne renonçais pas. Après un temps, sous mes doigts aussi le lait coulait d'un flot régulier qui venait mousser dans le seau de bois. La vache me reconnaissait et m'accueillait par une bousculade taquine. Le temps pour moi d'en traire une, Juliška finissait sa troisième.

Le veau me procurait beaucoup de jouissance, une jouissance enfantine. Installée sur un grand tas de feuilles mortes, dans un coin de l'étable, je me laissais renifler par cette gueule fleurant le lait.

Sitôt que Juliška, qui avait bon cœur, eut remarqué ma faiblesse pour les petits d'animaux, elle m'offrit deux lapereaux. Au début, ils restaient dans la caisse que Joza leur avait faite, mais bien vite je les laissai aller dans la remise, puis dans la cuisine et enfin dans la chambre. Avec Azor, ils s'étaient aussitôt tapé dans l'œil, mais, contrairement à lui, ils conservaient une propreté scrupuleuse.

Le vieux chien passait la plus grande partie de la journée à dormir au soleil dans la cour, et les lapins faisaient les beaux auprès de lui.

– Tu es un féroce cabot morveux, faisais-je remarquer au chien grisonnant..., et tu es là pour amuser les lapins.

Il était content.

Manger un jour les lapins était impensable. J'en vins à comprendre ce qui avait rendu Žeňa végétarienne.

Je donnais à Azor quinze, seize ans. Il traînait derrière moi ses pattes languissantes en faisant mine de me protéger. Il n'en eut pas tellement l'occasion. Mais, lorsque quelqu'un passait par le chemin, là, il se mettait à aboyer.

Il n'avait pas de vers, seulement des puces qu'il me fallait chasser.

La nuit, allongé aux pieds de Joza, il râlait ses mélodies de vieillesse d'où sortait de temps à autre un bref aboiement onirique. Ça grondait et ça secouait la patte.

Lorsque je sortais de la maison, il considérait comme son obligation de m'accompagner. À côté de l'auberge où j'allais acheter quelques broutilles, un chien-loup, qui visiblement détestait la terre entière, l'avait attaqué. D'un bond et d'un geste, je le libérai. J'étranglai l'agresseur avec son propre collier – une laisse effilochée. Je savais comment serrer. Il fut obligé d'ouvrir la gueule et de lâcher le cou captif.

Je tenais la bête rageuse en échec sans savoir ce qui allait se passer l'instant d'après, d'autant que mes forces m'abandonnaient.

Ce fut alors que j'eus un choc. Vratislav Lipka sortit de l'auberge en courant, posa sa main sur la tête du chien, me prit la laisse effilochée des mains et le libéra lentement. Il murmurait quelque chose d'incompréhensible. Non seulement le chien ne lui sauta pas dessus mais, au contraire, il se mit à agiter la queue et à couiner de joie. Il ne nous prêtait déjà plus attention. Il rampa jusqu'à la salle sur les pas de l'adolescent et, un instant plus tard, prit la clef des champs, un petit pain entre les dents.

La vieille peau fanée d'Azor avait été transpercée par les crocs, mais la blessure, bien qu'elle saignât vraiment beaucoup, n'était pas méchante. Je la lui tamponnai avec un mouchoir et l'emportai dans mes bras. Les piliers de l'auberge s'en amusèrent énormément.

Je racontai cette étrange expérience à Joza.

– Oui, dit-il en hochant la tête, Lipka connaît bien tous les chiens.

Visiblement, il n'y avait pas de quoi s'étonner. Je ne m'étonnai donc pas.

9.

Bien que Joza ne m'eût jamais fait le moindre mal, au contraire même, je vivais dans une tension permanente. Des pressentiments me tourmentaient. Et si tout venait à changer ? Et si j'étais seulement en train de consumer mon ancienne supériorité de médecin, de la vider tout entière comme le contenu d'un ramequin ?

Un jour, le fond apparaîtra, l'heure de vérité sonnera et le mufle en mon mari se révélera.

Pour l'instant, nous jouons encore à ce vieux jeu du docteur et du patient.

L'incertitude, pourtant, flotte dans les airs comme une clochette qui tinte de temps à autre.

Il n'est pas si monstrueusement passif qu'il en a l'air. Il a pu mettre à terre l'homme du premier jour avec un seul coup.

À quand mon tour ?

Pour l'heure, il n'entreprend rien mais je sens qu'il m'enroule dans des fils invisibles et qu'il guette. Son amabilité n'est qu'une toile d'araignée.

Je sais que je devrais me préparer à quelque chose mais, bon Dieu, à quoi ?

Il ne me donne aucun signe intelligible. Voudrait-il briser ma volonté et me détruire intérieurement qu'il ne pourrait pas mieux s'y prendre. Depuis longtemps déjà deux femmes se querellent en moi, l'une d'elles est asservie.

Heureusement, le sourire qu'il affiche en rentrant à la maison me met toujours en garde. Il me met en colère. Il m'offense.

Pour ce sourire, Azor lui lèche la main.

Quand il se déshabille pour se laver, son thorax suturé me crève les yeux.

Et ses yeux couverts de poussière !

Gris.

Je ne supporte pas cette couleur.

Demi-jour finaud.

Blanc-noir, noir-blanc.

Qui parfois s'écarte et laisse apparaître, au fond, un cristal bleu.

Tout ce qu'il y a de détestable !

Un jour, il sera démasqué. À vrai dire, je m'impatientais.

* * *

Puis, c'est arrivé. J'ai cassé la lampe à pétrole, seule source de lumière dans notre chaumière. Elle m'a glissé des mains alors que je la prenais sur l'étagère.

Les débris se trouvaient à mes pieds, j'avais le sentiment qu'ils laissaient couler des larmes parce qu'une flaque se formait.

Je me tenais au-dessus, droite comme un *i*. Joza, à ce moment-là, venait d'ouvrir la porte.

Tout d'abord, je me reconnus bien. En une seconde, je m'étais écroulée comme un tas de sable. Il peut me ramasser avec ses paluches comme bon lui semble.

Ça tombait plutôt bien. Il n'est pas de sort plus terrible que l'attente.

– Joza, j'ai cassé la lampe.

Je m'arrachai ces mots comme s'il n'avait pas vu.

Il posa sur moi son regard empoussiéré. Un regard de serpent. Je connais ça. Très bien, même. Vous n'avez pas idée, monsieur Janda, de l'enfance que j'ai vécue.

Tu veux que je t'en colle une ?

S'il prononce cette phrase, je vais m'esclaffer. Un pouffement en guise de prologue à la tragédie. Shakespeare aurait-il eu cette idée ?

Les brutes stupides n'y sont pour rien si elles sont des brutes. Malgré tout ce qui allait s'abattre sur moi maintenant et qui viendrait de Joza, j'avais pitié de lui.

Par habitude, je levai la main pour me protéger le visage.

Une fois déjà, il s'est passé exactement la même chose dans ma vie. Seulement, c'était pour un thermos.

Joza s'avança de quelques pas et ses mains se collèrent à mes bras.

Je connais ça. Il va commencer par me secouer comme un prunier.

Une main se leva. Les cheveux. Ça aussi, je connais bien.

Il était tellement près que je ne le voyais plus. Sans une seule question, il posa ma tête sur sa poitrine.

Un os entre les pattes d'un chien. Un os qu'il va lécher un moment, avant d'y planter ses crocs.

– Ce n'est rien, dit-il d'une voix lointaine. Dès aujourd'hui, je vais dire à Prokop d'en rapporter une autre de Šadova Huť. Une lampe à manchon. Tu verras, elle te plaira.

Une insupportable tension me déchira. Toutes mes jointures craquèrent.

Les digues que j'avais construites ma vie durant étaient rompues, le déluge allait s'abattre.

Je me collai dans les bras de Joza comme un chiffon mouillé. Qui eût dit qu'il y avait tant d'eau en moi ? Ma plus grande inquiétude était que mon visage ne restât imprimé pour toujours sur son torse suturé.

– Ne pleure pas, dès demain tu en auras une autre, dès demain, Hanulka.

Ma tête bondit de sa poitrine comme une balle.

– Il ne faut pas que je t'appelle comme ça ? demanda-t-il, effrayé.

– Si, hululai-je.

Il me caressa les cheveux, pressa son visage contre ma peau trempée.

– Quand j'ai cassé le thermos, couinai-je dans son cou, personne n'a dit on va en acheter une autre.

Il ne comprenait pas très bien. Il me touchait sans aucune marque de dégoût. Par ce cri de chantage éhonté, il m'apparut soudain que j'étais celle qu'il aimait profondément.

Ah ! Slávek, non ! Non, je ne veux pas !

– Tu n'es pas en colère, Joza ?

Quelque chose de pervers se manifestait en moi.

– Pourquoi je devrais être en colère ?

Des profondeurs de mon inconscient affleurait une révélation : je venais de faire sauter la banque d'une roulette extraterrestre.

L'apaisement que me procurait Joza était à cent lieues de ce dont m'avait comblé Richard, mon amour délaissé.

Il essuya le sel humide aussi longtemps qu'il coula de mes yeux.

Je me lovai contre lui et fis le vœu de rester ainsi jusqu'à la fin de mes jours.

10.

Les flâneries dans la montagne étaient l'une de mes plus grandes joies. Joza me conduisait parfois très loin, à travers les forêts et les coteaux, vers tel ou tel village voisin. Ils étaient tous identiques. Nous ne faisions halte qu'aux points de vue d'où nous pouvions plonger dans le paysage. Je ne me serais jamais débrouillée seule pour sortir de la forêt. Je n'ai pas le sens de l'orientation, contrairement à mon homme qui marchait avec assurance. Sans doute avons-nous plusieurs fois traversé la frontière, car nous entendîmes des *trávnice*, ces chansons de pâtres slovaques tout en échos, traînantes et mélancoliques.

Une fois, dans une haute brande, j'ai failli piétiner un faon nouveau-né. Il avait l'air mort. Je lançai à Joza un appel du regard. Il me prit la main et, en silence, me fit m'éloigner.

– Il n'est pas mort, dit-il en réponse à mon interrogation muette, il fait seulement semblant.

– Et la mère ? Elle l'a abandonné ?

– Non, elle se cache quelque part, un peu plus loin. C'est comme ça qu'elle le protège. Le faon n'a pas encore d'odeur, elle si. Elle ne veut pas attirer le renard vers son petit.

– Comment est-ce que tu sais tout ça ?

– Tout le monde le sait ici, répondit-il en refus de mon admiration.

Nous l'avons observé pendant quelques minutes, il ne bougea pas du tout. J'avais cependant vu qu'il respirait.

Nous avons quitté la pénombre de la forêt en montant plus haut dans les rochers. À l'horizon, un cratère s'ouvrit, qui laissa jaillir le soleil. Il allait amorcer une lente croisière sur son étang.

–Je peux te dire ce qui vient de me passer par la tête? demanda Joza, embarrassé.

– Tu peux.

–Je viens de me dire que quand je suis avec toi, où que ce soit, tout est beau.

Déclaration répétée un million de fois avant nous.

Chaque fois nouvelle, fraîchement découverte, unique.

Mes membres se glacèrent.

Je joignis les mains, pour que l'idée de les toucher ne vînt pas à Joza.

C'était inutile, un instant plus tard il m'aidait à franchir un tronc d'arbre.

– Pourquoi n'as-tu pas dit que tu avais froid?

Je n'aurais pas su lui expliquer que le blizzard qui avait gelé mes extrémités soufflait de l'intérieur.

Depuis ce jour, il emporta chaque fois un pull qu'il jetait sur mes épaules lorsque nous nous asseyions.

Dire qu'il était courtois serait ridicule. Richard, lui, était courtois, et sa courtoisie était une parade ostentatoire.

Joza était tendre, tout simplement. C'était dans sa nature d'être tendre. Plus tard, je qualifiai ce trait de sa personnalité de « sceau de la mère ». Encore plus tard, je l'appelai le syndrome de « ne pas blesser ».

La tendresse en tant que qualité fait partie de la richesse des sentiments humains et peut rester inexprimée. Manifester ses sentiments, c'est, en réalité, dépasser un obstacle. La tendresse de Joza était aussi naturelle que sa circulation sanguine. Je m'y étais vite habituée, facilement, si bien que, s'il avait cessé d'être tendre pour n'être plus que poli, je me serais sentie comme un chien battu.

Je devenais dépendante de sa tendresse comme d'un narcotique. Je savais bien ce qui se passait en moi. Je me guérissais des traumatismes de mon enfance.

Mon père était tombé à la fin de la guerre, j'étais née enfant posthume. Ma mère s'était remariée. Elle mourut alors que je commençais à aller à l'école, et mon beau-père prit une nouvelle femme. Je grandis comme une de leurs enfants mais, aussi loin que je me souvienne, je vivais avec le sentiment étouffant d'être reléguée quelque part en marge, avec le sentiment que quelque chose m'était refusé. J'en avais honte et la colère s'était installée en moi. De plus, une lourde terreur, difficile à expliquer, me travaillait en permanence. Si grand-mère n'avait pas été là, en grandissant je serais devenue un monstre.

Joza recouvrait peu à peu mes anciennes créances.

Il me traitait d'une façon qui aurait voué au ridicule n'importe quel autre homme de Želary. Mais du Joza de la forge, on s'attendait à quelque chose comme ça.

Cependant, je maudissais toujours la condamnation qui m'avait projetée sur une autre orbite. Après des années de labeur, des années d'abnégation, j'aurais pu, avec mes capacités, mon acharnement, ma soif de savoirs toujours nouveaux, être l'étoile des colloques internationaux. Comblée de reconnaissance, enviée, j'aurais mené un combat harassant contre l'autosatisfaction dans laquelle je pressentais le germe de la mort, j'aurais lutté avec l'incessante crainte de ma propre défaillance. Et cela n'aurait nullement été un combat plus dur que celui auquel m'engageait l'amour de Joza dans ces montagnes frontalières.

La différence essentielle résidait bien dans le fait que, là-bas, j'eusse été heureuse en tant que vainqueur, alors qu'ici je l'étais en tant que vaincue.

* * *

Jour après jour, la sagesse avec laquelle mon mari avait agi en choisissant la bicoque de Mánek m'apparaissait plus clairement. Il y avait ici des chaumières vides en nombre suffisant mais, suivant la coutume, les jeunes couples se bâtissaient d'ordinaire une habitation neuve.

Un mois de travail épuisant avec une bande de copains.

Joza n'avait pas choisi une maison, il avait choisi un voisinage. Žeňa, Juliška, Lucka. Le meilleur qui soit.

Si le hasard imprévisible ne m'avait pas donné accès aux autres maisons en qualité d'aide de Lucka, jamais je n'aurais pu connaître Želary.

11.

Un mois plus tard environ, Joza m'emmena sur la tombe de sa mère, dans le riche village d'une région de plaines et de vignobles depuis lequel, à l'âge de quinze ans, il avait été vendu au forgeron de Želary.

Je pris cela comme une dette envers ses parents.

– Je voudrais te montrer à maman, avait dit Joza, je voudrais lui dire que je me suis marié.

Les cimetières ne m'ont jamais impressionnée. Le chagrin démonstratif, exempt de toute franchise, les fleurs obligatoires de la Toussaint m'irritaient, j'avais honte pour la procession affligée, la tristesse bienséante et forcée. J'aimais ma grand-mère du plus profond de mon cœur, mais il ne me serait jamais venu à l'esprit d'aller pleurer sur sa tombe.

Je ne comprenais pas le chagrin des gens auxquels les symboles et les reliques apportent une consolation.

Nous voyageâmes en train, apportant la couronne que j'avais tressée avec des branches d'épineux et ces petites roses jaunes qui poussent ici dans tous les jardins.

À la gare de Šádova Huť, je fus témoin d'une scène qui me fit mesurer combien ma décision était sage de me rendre invisible, suivant la tactique de la souris effrayée.

Une femme vêtue d'un tailleur de prix et coiffée d'un élégant chapeau entra dans le wagon voisin. Lorsqu'elle était passée rapidement devant notre fenêtre ouverte, une odeur d'eau de Cologne s'était déployée jusqu'à nous.

À peine eut-elle franchi les marches du wagon qu'elle fut refoulée sur le quai par une horde de rustres.

– Salope ! braillaient-ils. On veut pas de cette bonne femme ici !

La contrôleuse, souriante, la fourra dans une autre voiture.

La meute de gars furibards venait de Želary.

Je resserrai mon foulard.

Pendant le trajet, Joza me nommait les villages que nous traversions. Il y en avait, de loin en loin, des deux côtés de la voie. Je m'étonnai que presque tous les villages aient une briqueterie.

La voie descendit vers la plaine et les tentacules des vignes commencèrent à apparaître autour des maisons d'argile.

Le cimetière se trouvait sur une colline, de l'autre côté du village ; il nous fallut venir à bout d'un demi-kilomètre de chemin escarpé. Joza me tenait par la main et accordait son pas au mien. J'étais malgré cela assez essoufflée. Moi qui, lors de nos vadrouilles d'étudiants, surpassais même les garçons.

Franchi le portail du cimetière, mes genoux se mirent à trembler sans raison. Ma main devint moite dans celle de Joza. Comme si j'avais un examen difficile à passer.

La tombe était simple mais bien entretenue. Nous déposâmes la couronne sur la croix de métal. Nous étions debout côte à côte, figés ; Joza priait peut-être. Dans le cimetière, il n'y avait personne d'autre que nous.

Les yeux me piquaient. Il se passait en moi quelque chose que je refusais. J'étais sous le joug de l'émotion.

Nous descendîmes du cimetière, je trébuchais parfois dans des trous creusés par la pluie.

Nous ne parlâmes quasiment pas, ni sur ce chemin ni plus tard dans le train. N'ayant pas trouvé de places dans les compartiments, nous nous étions assis côte à côte dans la partie ouverte du wagon, au milieu du brouhaha des voyageurs entassés.

À quoi pensez-vous, madame Jandová ? À rien.

J'étais plongée dans un agréable demi-sommeil. Je percevais

le flot continu des voix étrangères comme un fouillis de sons qui n'avaient aucun sens. Vers le milieu du trajet, Joza tira du panier une bouteille de tisane froide et des galettes de pommes de terre. Je bus un peu mais refusai les galettes. Il fit de même.

À Šádova Huť, je me réveillai. Nous empruntâmes la petite route sablonneuse longeant la rivière bruyante. Dans les méandres apparaissaient de petits rapides avec leurs chaperons d'écume. Le niveau de l'eau était haut.

La chaumière de Mánek était enveloppée d'une brume grisâtre. Il commençait à faire sombre.

Joza alluma la lampe à manchon et le fourneau. Il prit la marmite de terre qui était sur la plaque et me versa de l'eau tiède pour ma toilette. Il emporta ce qui restait d'eau pour la bassine de l'entrée.

De petits oignons fondaient dans la poêle, je cassai quelques œufs dessus, j'émincai un poireau que je mêlai à la préparation avec de l'ail haché. Joza apporta de la cave des légumes en conserve et me donna un poivron. L'un des bons petits plats rapides de Žeňa. Azor, qui depuis notre arrivée frétillait autour de nous avec zèle en aboyant, reçut sa part de gamelle dans un coin. Je donnai une carotte à chaque lapin.

Lorsque je m'installai ensuite dans la position fœtale que j'adoptais habituellement pour dormir, je ne pus fermer l'œil. J'attendais que la main caressante de Joza se fût lassée de ma chevelure. Jusqu'à récemment, je n'avais jamais dormi avec quelqu'un d'autre, et même cela me rebutait. Maintenant, je me prélassais sans la moindre gêne dans la chaude proximité d'un autre corps et ne me distinguais du chat content que parce que je ne ronronnais pas.

C'étaient pour moi des moments de pur bonheur et je souhaitais que mon paradis personnel durât le plus longtemps possible. Rien à faire cependant pour le prolonger, il disparaissait dans le brouillard d'une chute lente dans le sommeil.

J'avais toujours pensé que je dormais paisiblement, sans bouger, que je ne soufflais, ne ronflais, ni ne parlais dans mon sommeil. C'est ce que tout le monde disait de moi. En vacances, ma voisine de dortoir me secouait la nuit, pensant que j'étais morte.

Ce n'était pas vraiment le cas.

Un cauchemar me réveilla – je ne me souvenais de rien. Je m'aperçus que j'étais sur le rebord du lit. Joza ne dormait pas.

– Hanulka.

Il me parlait d'une façon que moi seule connaissais. Une paume de main passa sur mon bras, jusqu'à mes doigts gelés. Il m'attira vers lui pour me réchauffer.

Je me serrai contre lui et lui tirai les cheveux. Il répondit à ce geste en passant mon bras autour de sa nuque. Je le mordis au menton puis effaçai cette morsure par des baisers. Là-dessus, je lui mordis le nez. Lorsque j'eus cessé, c'est lui qui se mit à m'embrasser.

Je m'endormis pelotonnée, la tête appuyée contre sa poitrine nue. Son souffle ondulait dans ma chevelure.

Le matin, Joza avait une mine timide et coupable. À ses yeux j'avais été l'innocente victime de sa chute pécheresse. Je ne le détrompai pas.

Quelque part dans les temps anciens, vers lesquels je ne me frayais un chemin qu'à grand-peine, Richard, mon idole amoureuse, n'était qu'un coureur de jupons expérimenté en comparaison de Joza, pur comme une source.

Avant qu'il parte pour la scierie, je lui demandai :

– Qui entretient la tombe de ta mère, Joza ?

– Le pater.

C'était la première fois qu'il mentionnait son père. Il ne l'avait vu que trois fois, pour les foires de Želary.

Il avait reçu de ses mains le livret d'épargne que sa mère n'avait jamais entamé et dont elle voulait que son fils prît soin. Il l'avait perdu en déménageant pour Želary.

12.

C'était une froide journée d'automne. Le ciel était lourd de pluie mais il ne faisait pour l'instant que bruiner. J'avais décidé d'aller sous cette demi-pluie cueillir des mûres au-dessus de notre chaumière. J'avançais entre les buissons et, dans mon petit panier, je déposais avec précaution les fruits mûrs d'un noir bleuté, gonflés d'une douceur particulière. J'allais ainsi de plus en plus loin. Je me dépêchais. Il pleuvait à verse avec de brèves interruptions, depuis deux semaines déjà. Azor, qui, d'habitude, me suivait pas à pas et m'assurait une protection inopportune quoique zélée, n'était pas avec moi. Il était couché à la cuisine avec une patte fêlée. Il s'était pris, sans trop de dégâts, dans un piège à collet.

Je pensais à lui avec émotion. Quand je lui avais caressé la tête avant de partir, en promettant de revenir bientôt, il m'avait lancé un regard dévoué.

J'accélérai le tempo, l'averse était à nouveau sur le point de tomber. L'abondance du butin retardait mon départ. Les ronces s'étendaient de tous côtés.

Aux premières gouttes, je fis demi-tour avec mon panier presque plein et me frayai un chemin dans les broussailles pour rentrer. Je m'arrêtai net dans une clairière : ce n'était pas celle qui surplombait notre chaumière. Mon cœur se mit à cogner. Devant moi, un escarpement inconnu plongeait dans des profondeurs d'un vert ténébreux. Je me glissai bien vite vers les fourrés pour chercher le petit chemin par lequel j'étais venue. Mais les buissons, entre-temps, s'étaient refermés derrière moi.

Dans le réseau des sentiers que j'avais empruntés très vite, je me démenais comme la mouche dans une toile d'araignée.

Réfléchis, m'ordonnai-je, réfléchis !

Les roncières sont vastes mais pas infinies. Tu peux les contourner. C'est ce que je tentai. Un banc de brume vint me couper la route et, lorsque le vent le dispersa, il n'y avait derrière lui rien d'autre que le ciel. À deux pas devant moi, le ciel grand ouvert. Je fermai les yeux une seconde. La panique. Je dois la surmonter. En vain. Elle me tient depuis longtemps déjà.

Je m'assis ou, plus précisément, je m'affalai par terre.

Des fourmis se mirent à me mordre et je m'aperçus que le monticule sur lequel je me reposais était une gigantesque fourmilière. Là, je me trouvai vraiment à la limite de l'hystérie.

Réfléchis !

Si Slávek ou un autre intellectuel plein de jugeote s'était trouvé à ma place, il aurait su quoi faire. Les élans de ma pensée n'étaient que tâtonnements.

Je m'allongeai par terre, collai mon corps aux feuilles en décomposition et respirai profondément leur amère senteur. Cela m'aida un peu.

Réfléchis !

Tu es au bord d'un escarpement. Tu es au bord d'une brèche dans les rochers.

Centimètre après centimètre, comme un ver piétiné, je me frayai un passage en rampant vers le ciel béant, gris et menaçant. Devant mes yeux, la gorge était pleine d'ombres tremblantes. Je m'accrochai désespérément à la terre, seule réalité.

C'était vraiment une falaise.

Je me mis à respirer plus vite, mais la sueur jaillissait de tous mes pores. La forêt s'étendait en contrebas. De cette hauteur, il me semblait qu'elle poussait sur un plateau. Non loin, elle était coupée par un rideau de pluie.

Réfléchis !

Je perçus le son d'un ruissellement. Un filet d'eau tombait d'une saillie et se changeait un peu plus bas en un petit ruisseau.

L'étau dans ma poitrine se desserra. Cette eau menait bien quelque part !

Je cherchai un endroit où j'eusse eu le courage de passer. Je n'avais déjà plus mon panier et du sang coulait le long de mon tibia. La pluie fine le léchait insatiablement. Je m'agrippai à un éperon rocheux pour me reposer. J'entendis une sorte d'aboiement et me retournai. Un cerf aux bois immenses se trouvait au-dessus de moi. Sitôt qu'il perçut mon mouvement, il disparut.

Bientôt, mes mains faiblirent, je me mis à déraper sur la paroi d'argile. J'arrivai en bas moitié en tombant, moitié en trébuchant. J'atterris sur la berge du ruisseau.

En regardant vers le haut, je ne pus croire que j'avais descendu tout ça. Une de mes chaussures avait été engloutie quelque part, je jetai donc la deuxième. L'eau froide du torrent ne me causait aucune douleur, mais marcher sur les petits cailloux roulants et glissants était au-dessus de mes forces. Le courant m'emporta. Je remontai sur la berge en rampant et tentai de me traîner dans les orties ; c'était encore pire, je me glissai donc à nouveau dans l'eau glacée. Heureusement, la forêt s'éclaircit, la masse compacte des arbres s'ouvrit. Je me rapproche d'une embouchure, donc de la rivière que je cherche. J'essayai de me dépêcher.

Alors je fus pétrifiée.

Le ruisseau ne se déversait pas dans une rivière mais dans un marécage. La pluie cessa un moment, les nuages se déchirèrent, le soleil couchant cingla effroyablement la surface mouvante de l'eau. Elle était envahie par des plantes aquatiques dont les langues sanglantes ondulaient devant moi. Et, pour que l'effroi fût à son comble, une épine saillait de cet œil gélatineux... le moignon de quelque bâtiment.

Je tournai le dos à cette image et m'enfuis de toutes les forces qui me restaient.

Je remontai le courant, pris pied sur un banc de sable pour

sortir de l'eau et grimpai. En fait, je rampai sur mes coudes et mes genoux écorchés. Si j'étais capable de quelque réflexion, c'était uniquement de celles qu'on parvient à extraire de soi avant de toucher le fond.

Il n'y a de salut que par là-haut. La nuit approche, il ne faut pas que je tombe dans les ténèbres. Ma bouche était grande ouverte, béante, sèche, je haletais.

Toujours en rampant, je parvins à me traîner jusqu'à une mangeoire vide que j'identifiai comme mon objectif. Je me blottis contre elle. Le bois pourri, imbibé d'eau, dégageait une odeur forte et âcre.

Le ciel se fermait lentement au-dessus de ma tête.

J'étais tellement déshydratée que les larmes coulant de mes yeux me surprirent.

À quelques mètres au-dessous sautillait le filet d'eau auquel je m'étais fiée avec tant d'imprudence. Une rafale de vent me dégagea l'esprit, je pressentis alors ce qui s'approchait de moi. Une tempête de montagne avec ses tourbillons de vent. Ça m'était égal. Au moment où toute la noirceur au-dessus de moi passa à l'attaque, j'y trouvai même une satisfaction perverse.

Le vent secouait les branches, des verges d'eau les clouaient au sol, le monde tremblait sur ses bases et, moi, je n'avais pas peur. Je suivais avec intérêt les éclairs, les craquements de branches évoquaient le cri d'un oiseau forestier, ça ne me gênait pas d'être un fantassin sans armes en première ligne.

Afin de tuer le temps qui me restait, je me remémorais des choses lointaines, mon enfance, l'époque de mes études ; je me demandais avec une froideur impartiale comment j'avais pu, avec mon caractère, ma peur permanente du désastre… comment j'avais pu devenir médecin.

J'en souriais en secret. Le discours à voix haute m'était refusé car ma voix ne sortait pas.

Finir dans un étau rocailleux, à côté d'une pièce de bois pourrie, la peau déchirée et les membres tremblants, avec les cieux liquides se déversant sur mes épaules, voilà le terme juste de mon passage sur terre.

13.

Quelque chose de chaud et visqueux passa sur mon visage.
– Bufča, tu auras droit à une saucisse.
De quoi suis-je en train de rêver?
Deux apparitions. Je me ramassai sur moi-même.
Joza me souleva tandis que Vratislav Lipka caressait le chien qui lui avait bondi à la poitrine. Un chien-loup. Peut-être celui-là même qui avait voulu égorger Azor. Je perçus tout cela à la lueur des éclairs.

Joza me dit quelque chose mais je ne compris pas un seul mot, bien que sa bouche ne fût qu'à un centimètre de mon oreille. La voix humaine était emportée par les coups de tonnerre. Puis je me retrouvai à la maison, en quelques minutes me sembla-t-il. Mais cela dura beaucoup plus longtemps. Je me souviens que Lipka a proposé de me porter et que Joza a refusé.

Avant notre arrivée à la chaumière de Mánek, les nuages avaient éructé encore une fois, puis c'en fut fini de la tourmente.

Dans la cuisine il faisait chaud, c'était lumineux et calme.

Il me parut assez naturel que Lipka et le chien s'éclipsassent et qu'à leur place apparût la guérisseuse.

Je voulus raconter ma vision à Joza, ce paysage d'outre-tombe, mais j'avais les cordes vocales trop sèches, il me fallait boire un peu. Je savais que Lucka allait le deviner, elle me tendit une tasse de tisane. J'avalai une gorgée et m'aperçus qu'il y avait dedans de la *slivovice*[1]. Je proférai quelques sons indescriptibles, bus encore une gorgée et me mis à parler.

– J'ai vu un marécage et dedans une maison en ruine.

– Oui, confirma Joza, c'était le vieux moulin.

Je voulus boire encore mais Lucka me prit la tasse des mains. Elle m'en donna une autre, de la vraie tisane cette fois. Elle m'administrait le liquide à intervalles rapprochés.

Ma peau l'éliminait immédiatement. J'étais trempée de sueur de la tête aux pieds.

Sur un signe de Lucka, Joza me déshabilla, m'assit dans une cuve pleine d'eau tiède et me nettoya tout doucement avec une éponge. À chacune des plaintes que j'émettais, son visage se tordait.

– Comme il faut ! le réprimanda Lucka.

– Elle a les jambes pleines d'épines, marraine.

– Alors enlève-les.

Les mains de Joza se mirent à trembler.

Lucka lui lança une serviette de flanelle.

– Sèche-la et pose-la sur le banc. Tiens-la.

Elle se mit à scruter mon corps elle-même. Elle m'arrachait les échardes, délogeait les gravillons, nettoyait les blessures et me traitait de telle manière que j'en perdis connaissance. Je me souviens juste de m'être retrouvée allongée dans le lit, le dos appuyé aux oreillers, des bandes de toile blanche autour des bras et des jambes.

Je perçus le mot « docteur ».

– Non ! criai-je. Non !

Mon propre cri me fit sortir de mon état léthargique.

– Non, Joza, je ne veux pas ! Ne la laisse pas faire ça !

– Tu as presque quarante, grommela Lucka en secouant le thermomètre. Comme pour couronner ses dires, mes dents se mirent à claquer.

– Là n'est pas la question, dis-je d'une voix éraillée. Joza, je suis en pleine possession de mes moyens ! C'est seulement

1. [Slivovitsé] Eau-de-vie de quetsches.

passager ! Tu sais que je peux en juger ! Tu sais que j'ai raison, Joza !

Joza avait déjà passé son manteau, mais mes derniers mots l'arrêtèrent.

Je tendis une main vers lui. Lorsque d'instinct il la saisit, je m'accrochai à lui de toutes mes forces.

– Ce sont les nerfs ! Attendez une heure ! J'ai besoin d'une heure de calme !

Je le tenais et je croyais le dominer. En réalité, il aurait pu se dégager de mon étreinte comme de la main d'un bébé. Il s'assit auprès de moi et, pour plus de sûreté, je couchai sur lui la moitié de mon corps. Lucka se balançait dans un fauteuil d'osier en ricanant.

– C'est peut-être ça.

Elle regarda le coucou au mur.

– Une heure ? Bon.

Joza m'adossa de nouveau aux oreillers.

– Va faire du feu et à manger, j'ai faim, ordonna la vieille sorcière sans même bouger d'un pouce.

Une heure plus tard, elle prit ma température et me fit une grimace.

Alors que Joza n'avait pas même fini de préparer le souper, Lucka avait eu le temps de fabriquer l'une de ses plus infectes potions.

Je ne comprends pas comment j'ai pu la boire, dîner et m'endormir.

14.

Pneumonie, septicémie, arrêt cardiaque, rien de tout cela ne me menaçait après mon odyssée dans les ronces. Contre toute attente, ce fut un autre organe qui se manifesta. J'avais attrapé une cholécystite aiguë. J'en avais déjà eu quelques petits accès auparavant, mais la diète avait alors suffi à les faire passer.

Cette fois, ça m'avait empoignée comme il faut. À cause de toute mon agitation et du stress cumulés. Je m'étais prescrit une infusion amère et j'avais dit à Joza que j'avais mal à l'estomac.

Les accès ne cessaient pas, je vomissais au point que mes vaisseaux oculaires éclataient ; le blanc de mes yeux devenait rouge. Joza, affolé, fit à nouveau venir l'insupportable vieille sorcière aux beaux yeux ironiques, la répugnante *jezinka*[1], Lucka Vojničová. Je lui lançai un regard assassin.

– Alors ? me demanda joyeusement la bonne femme.

– Rien. Laissez-moi dormir.

– Tu ne dormais pas.

Elle arracha mon coussin et fit voler la couverture.

– Allonge-toi bien à plat. Libère le ventre.

J'essayai de me lever.

– Laissez-moi tranquille.

1. [Yézin'ka] Type de sorcière slave qui se rapproche souvent de l'ogresse.

Elle me repoussa en arrière en me tâtant le ventre avec une habileté peu courante et une force inattendue. Elle appuyait de la bonne façon au bon endroit. Sur la deuxième moitié du ventre, une lame me transperça. Je trahis ma résolution en hurlant.

– Vésicule, énonça-t-elle sans se tromper. À voir ta mine tu dois avoir une inflammation là-dedans ou plutôt des cailloux. Depuis combien de temps ça te tient ?

– Deux jours, mentis-je.

Elle eut une moue incrédule.

– En attendant, je vais te donner une infusion, décida-t-elle. Deux cuillères à soupe dans un litre d'eau. Tu laisses bouillir et tu bois tiède. Cinq fois par jour, y compris la nuit.

Elle me tendit un petit sac.

Sans s'étendre plus longtemps sur les détails de mon affection, elle ne refusa pas une *slivovice.*

Je me jurai de ne pas toucher à son eau de vaisselle.

Le lendemain, elle me coinça de nouveau.

– Tu ne bois pas l'infusion, constata-t-elle froidement.

– Si.

– Non.

– Comment pouvez-vous le savoir ?

– À l'odeur, fille. Quand tu souffles, ce n'est qu'acide gastrique.

En cet instant, je la maudissais. Je la détestais et ne me sentais aucunement tenue d'être juste envers elle. Cela me détruisait d'être tombée entre les griffes d'une sorcière médiévale.

– De toute façon, m'annonça-t-elle sans une once de pitié, de toute façon, tu vas passer sur le billard. Tu n'es pas une froussarde et c'est bien.

Elle me grimaçait au visage.

Je frémis de colère, quoique sans raison. La vieille ne s'amusait pas à mes dépens. Elle parlait avec indifférence, comme elle parlait sans doute à chacun, elle n'accompagnait ses paroles d'aucun geste. Elle me traitait en toute impartialité, avec une assurance qui ne permettait pas la discussion, elle décidait de mon sort comme si elle y était autorisée par une puissance supérieure, elle faisait tomber des verdicts sans appel et le pire, chez elle, était qu'elle ne se trompait pas. Je me faisais l'effet d'un objet inanimé. Elle ne nouait aucun lien avec moi, elle niait mon âme. Tout ce qui était amassé en mon for intérieur lui était donné à voir plus vite qu'à moi ; elle savait déjà qu'en rien, en absolument rien, je ne la surprendrais.

J'eus plus tard l'occasion de mieux connaître Lucka. Elle demeura égale à elle-même.

Cernée par le dangereux tourbillon du monde, sa position était celle du point immobile, de l'œil du cyclone.

Je me souvins à quel point elle avait impressionné les infirmières à l'hôpital.

Ce n'est pas qu'elle ne savait pas se mettre en colère. Elle se fâchait même souvent. Mais sa terrible colère était impersonnelle, comme en-dehors d'elle. Elle ne lui était pas soumise. Elle l'utilisait pour menacer les autres et, au fond de son âme, elle en riait sûrement de son très répugnant rire de crécelle.

Le rire de Lucka... il avait une palette étendue. Cela me prit longtemps avant de commencer à le comprendre un peu.

Elle accusait plus de soixante-dix ans mais bondissait sur les coteaux comme la jeunesse, et ses yeux clairs, toujours un peu ironiques, du moins selon mon impression, ne témoignaient d'aucune marque de vieillesse. Elle buvait de l'alcool comme un homme. N'importe qui d'autre, à son âge, en aurait eu le foie imbibé. Ce qui avait dû la maintenir, c'est qu'elle ne touchait à aucun tord-boyaux et que personne n'eût osé lui proposer autre chose qu'une eau-de-vie de première qualité.

Ici, les alambics tournaient à plein régime et personne ne se souciait de la moindre autorisation, ni des taxes afférentes. La plupart des gens ignoraient même que quelque chose de semblable existât. Et ceux qui, comme Joza, ne distillaient pas avaient toujours une bouteille chez eux pour les invités importants. Ils l'achetaient à l'aubergiste. Soit dit en passant un voleur et un escroc, mais qui mettait tout son cœur dans une *slivovice* dont il tirait grand orgueil.

À peine avais-je digéré la visite de la guérisseuse que je fus déboussolée par celle du docteur Beníček. Sans même se donner la peine de m'ausculter, il m'annonça qu'il allait en ville et qu'il me prenait avec lui pour m'emmener à l'hôpital.

– N'ayez pas peur, madame Jandová, vous serez de retour dans une semaine.

Il me souriait avec professionnalisme ; la vacuité, le caractère fallacieux de ce sourire me sautait aux yeux pour la première fois, après toutes mes années de pratique.

Je laissai jaillir des larmes d'humiliation.

Je n'avais encore jamais envisagé la médecine de ce point de vue.

Beníček remarqua mes yeux et sa voix s'adoucit avec un accent de fausseté.

– Allons, madame Jandová, soyez courageuse. Vous ne voulez tout de même pas avoir... (il cherchait un mot et je m'attendais à le voir bâiller)... des embêtements.

C'est incroyable à quel point je peux l'ennuyer !

– Merci, docteur, bredouillai-je. Qu'est-ce que je dois emporter ?

Qu'il s'amuse ! Je suis le patient parfait, celui qui tremble juste ce qu'il faut.

– Du savon et une serviette. Un mouchoir. Nous vous donnerons le reste.

Il toisa froidement Joza. Il ne savait pas comment l'appeler.

– Vous pouvez venir avec nous, monsieur Janda.

« Monsieur Janda » sonnait un tantinet plus dédaigneux que l'habituel « Joza ».

Je souris à mon mari calmement, d'un sourire encourageant de conspirateur.

La tension sur son visage se dissipa.

Je m'attendais à une ambulance, l'automobile du docteur m'humilia encore un peu plus. En route, je commençai à y voir plus clair. Il m'apparut que sur lui aussi Lucka avait un étrange pouvoir.

Le quatrième passager était Žeňa. Elle descendit sur la place de Šádova Huť. Elle remercia le médecin qui la salua en lui serrant la main. Lorsqu'il me laissa dans le hall de l'hôpital, il ne me tendit pas la main.

– N'ayez pas peur, madame Jandová.

Il avait oublié qu'il me l'avait déjà dit sur le même ton.

Il se tourna vers Joza.

– Je vais régler quelque chose et je reviens vous chercher, monsieur Janda.

Les examens préopératoires se déroulèrent sans accroc, seul le cardiologue m'échauffa les oreilles. Un jeune pignouf arrogant à qui j'aurais cloué le bec si je l'avais eu sous mes ordres. Le regard dans le vide, il hochait la tête savamment et curait ce qu'il lui restait de son déjeuner entre les dents. Dois-je lui demander ce qu'il regarde comme ça ?

– Je vais vous écouter encore, madame Jandová. Respirez ! Arrêtez !

Il me tâtait avec son stéthoscope. Bon Dieu, je vais le frapper !

Je fis tant d'efforts pour me maîtriser que j'étais en sueur. Je n'en revenais pas qu'il pût, avec son intonation souveraine, m'appeler madame Jandová, comme s'il disait « gourde de villageoise ».

Il prit plaisir à relever mes peurs supposées puis il passa le plat de sa main sur mon dos humide.

– C'était terrible, hein ?

Il se régalait.

– Tout va bien, vous pouvez vous rhabiller.

Il délogea d'entre ses dents un fragment de viande et fit claquer sa langue.

Si jamais j'ai un infarctus à cause de toi, espèce de con, Joza te cassera la gueule !

Je demandai un sédatif à l'infirmière. Elle me caressa la main mais n'apporta rien.

Je fus opérée le jour suivant, travail convenable dans l'ensemble. Quand ils m'avaient endormie, je n'avais pas réussi à me débarrasser de l'idée que j'étais parmi eux et l'amertume me serrait la gorge.

J'étais dans un dortoir en compagnie de onze femmes. Elles ne manquèrent pas de m'informer aussitôt qu'une patiente était morte d'un cancer sur le lit même où je me trouvais. Comme je n'étais pas suffisamment effrayée, elles me décrivirent son agonie dans le détail et tout particulièrement sa dernière nuit, qu'elle avait passée à appeler l'infirmière. À leur grand dam, même l'horreur de la dernière nuit n'avait aucun effet sur moi.

Elles changèrent de sujet, et alors je frémis. Elles se mirent à me confier les choses les plus intimes, des choses qu'elles n'auraient peut-être pas avouées à leur propre mère. Dans cet hôpital imprégné de mort où, quelques jours durant, se trouvaient réunies toutes les peurs communes, leurs langues se déliaient; elles avaient besoin d'être écoutées.

D'un côté, cela m'évoquait le confessionnal, de l'autre, j'avais le sentiment d'être dans une garnison dont les soldats allaient partir à l'assaut le lendemain.

Pour mon instruction, il y eut encore ceci : tout comme dans les garnisons militaires, on se racontait en ce lieu des blagues crues. Je n'aurais pas osé en répéter une seule à mon mari.

Je ne m'indignais pas. Je m'imprégnais de l'atmosphère. Ici, tout était permis.

À mon tour, j'essayai d'apporter ma contribution avec une blague de carabins. Slávek était grand connaisseur en la matière. Je réprimai les souvenirs de notre dernière rencontre et je me lançai. Deux pathologistes à qui on venait d'apporter un cadavre frais étaient débordés de travail et morts de faim. Ils incisèrent l'estomac du macchabée pour voir ce qu'il avait eu à dîner. Du goulasch. Ils s'y mirent de bon cœur, il était encore chaud.

Mon intervention eut un effet triomphal. L'une des patientes vomit.

J'eus à deux reprises l'occasion de mettre mon métier à contribution. La première fois, ce fut quand l'infirmière avait interverti des menus et donné une escalope à une patiente souffrant de néphrite. La deuxième fois, je causai un scandale. Ma voisine, une diabétique, approchait un état comateux. Je sonnai l'infirmière et lui demandai un morceau de sucre. J'écopai lourdement. Elle ne voulait prendre aucune décision sans le médecin. Comme de précieuses secondes filaient, il ne restait plus qu'à fouiller les tables de nuit. Nous trouvâmes une pastille contre la toux.

Avant que le médecin n'arrive avec l'infirmière, la crise était passée. Cette fois, c'est lui qui me rudoya.

– Pour qui vous prenez-vous, madame Jandová ? éructa-t-il. Ne vous mêlez pas de ce que vous ne comprenez pas !

Je reçus le reproche comme s'il était justifié et m'excusai.

Il n'y prêta aucune attention. Il passa la porte sans même me donner l'absolution, et l'infirmière, avant de la refermer derrière lui, me jeta un regard de loup-garou rassasié.

Le vrai choc eut lieu trois jours après l'opération. Un uniforme surgi de nulle part apparut près de mon lit.

– Madame Jandová ? Capitaine Peša.

La terreur m'interdisait de lui répondre, mais il n'attendait visiblement aucune réaction.

– Nous avons reçu certaines informations vous concernant.

Il prit une chaise, s'assit lentement et continua à voix basse.

– Vous habitez Želary, n'est-ce pas ? Votre mari travaille à la scierie.

C'est la fin. Ils m'ont retrouvée.

Le martèlement des bottes de cuir percutait mes oreilles.

Non, pas Joza ! Joza ne sait rien.

Je faillis dire ces mots à voix haute.

Je devais avoir un regard affolé parce qu'il me tapota le dos de la main d'un geste apaisant.

– Calmez-vous.

Le meilleur moyen d'effrayer quelqu'un à mort, et pour ma part il n'y avait pas beaucoup à faire.

– On nous a déclaré avoir découvert pendant l'opération des traces de violence sur votre corps.

Je faisais sûrement une mine exceptionnellement idiote puisqu'il a continué avec beaucoup de bienveillance.

– Voudriez-vous nous expliquer ce qui s'est passé ? Car… croyez bien que nous serions heureux de vous aider.

La lumière se fit en moi et la réaction de soulagement me changea à tel point qu'il voulut appeler le docteur.

– Non, capitaine.

Je l'arrêtai à temps.

– Asseyez-vous, s'il vous plaît… Je n'avais pas compris qu'il s'agissait de mes bleus et de mes égratignures.

– De vos ecchymoses et de vos blessures, me corrigea-t-il à voix basse mais sur un ton résolu.

J'aiguillonnai mon imagination afin d'inventer une histoire acceptable, parce que la vérité eût semblé un misérable mensonge.

– Faites-nous confiance, madame Jandová. Vous n'êtes pas obligée de me confier vos problèmes mais je vous conseille de le faire. Rien ne vous menace, n'ayez pas peur de parler.

– Je n'ai pas peur, capitaine.

Je vis qu'il observait mes doigts tremblants. Je les glissai sous la couverture. L'émotion m'empêchait d'imaginer quoi que ce soit. Au moins, je serais concise.

– J'ai glissé d'une pente, je suis tombée dans le ruisseau… Vraiment. Rien d'autre.

– Vous maintenez cette version ?

Il voulut me donner un moment de réflexion mais je répondis immédiatement.

– Oui.

– Bien, madame Jandová, dit-il avec tristesse. Si jamais vous changiez d'avis…

Il déposa un morceau de papier devant moi.

– Faites-le nous savoir. N'importe quand. Vous me comprenez ?

Il me souriait, compatissant, en grattant ses cheveux grisonnants, l'air embarrassé.

– Je comprends, capitaine. Je vous remercie.

Il se leva et me serra la main. Arrivé à la porte, il se retourna.

– Ma femme vient de Želary, madame Jandová.

Une heure après cet entretien épuisant, je n'arrivais toujours pas à me calmer. Comme ils avaient besoin d'un lit, ils me laissèrent partir le cinquième jour. Je reçus mes quatre calculs biliaires comme un lot gagné à la kermesse.

C'est l'ambulance, cette fois, qui m'emporta.

Quand je vis Joza qui m'attendait depuis une heure ou deux devant notre chaumière, je me mis à pleurer de joie.

Mon mari attribua mes larmes aux supplices que je venais de vivre. Il m'accueillit avec un sourire désespéré.

– Je suis heureuse d'être de nouveau à la maison, je suis si heureuse que j'en pleure, Joza.

Je liquidai son chagrin. La table de la cuisine était couverte de délices et de cadeaux. La moitié du village était préoccupée par mon opération et accueillait mon retour comme si j'avais été de la famille.

Žeňa, comme toujours, fit preuve d'une attention particulière. Elle m'offrit un miroir mural dont le cadre était formé d'une dentelle de fils de cuivre.

Je pleurais toujours tandis que mon mari préparait avec les oreillers un refuge à ma paresse. Azor et les lapins s'entortillaient autour de mes pieds.

L'air parfumé de résine entrait à flots par la fenêtre ouverte. La puanteur de l'hôpital s'évaporait non seulement de mes poumons mais aussi de mon esprit.

Le soir, Lucka fit une apparition. Elle aussi m'apportait un cadeau. En plus du prévisible petit sac de plantes, des chaussons.

J'étais sur le point de m'évanouir.

15.

Joza était rentré de la scierie. Assise à la fenêtre de la cuisine, j'observais le pommier dont les feuilles, déjà, changeaient de couleur et se détachaient. Soulevés par le vent, de petits chiffons colorés flottaient derrière le carreau.

Joza me taillait une louche en bois. Son travail était lent, appliqué, propre. Mon attention ne resta pas longtemps sur les feuilles du pommier. Je me retournai et observai sa tête inclinée.

Une louche en bois.

Mon souhait frivole, somptueux, accessible.

Les chercheurs de trésor commettent une funeste erreur en regardant au loin. C'est là le lieu de la perdition.

J'effleurai en pensée la question de notre amour réciproque.

Amour est le mot le plus mal considéré du vocabulaire. On peut presque tout nommer ainsi. Toutes les convoitises, les habitudes égoïstes, l'envie, et même la haine et l'arrogance.

Ma relation à Joza méritait un examen.

Elle était indicible. Du moins, elle n'était pas simple. C'était de l'amitié, de la tendresse, de la compassion, mais aussi de l'angoisse et du désespoir.

Tout cela formant une soudure infrangible.

Autrefois, je pensais que quelque chose de similaire existait entre Richard et moi, c'était une erreur infantile. Je sais aujourd'hui avec quel sang-froid Richard avait contrôlé ses émotions et avec quelle parcimonie il les mesurait en présence d'autrui.

Chaque femme, chaque homme, rencontre dans sa vie quelqu'un qui l'attire et avec qui il serait capable, parfois provisoirement, parfois pour plus longtemps, de former un couple.

Quand j'avais vu le beau Juriga, viril et manifestement aimable, le souvenir d'enchantements passés s'était éveillé en moi, mais il ne s'ensuivit aucun rêve. Si j'avais entendu un seul mot, vu un seul geste de sa part pour se rapprocher de moi comme de l'objet de son désir, j'aurais fui.

Joza était là.

Sans Joza, je serais un fragment.

Ma défaite, mon asservissement. C'est justement par son incapacité à dominer qu'il m'a enchaînée à lui.

Le pire de mes moi me soufflait que, rien qu'à cause de cela, il allait devoir payer le prix.

Au moins pour ses retours à la maison. En effet, sitôt voyais-je mon homme en sueur, couvert de poussière, que d'un coup je me mettais à vibrer d'une joie canine, et j'avais fort à faire pour ne pas lui bondir dessus comme Azor et réclamer une attention immédiate. Le regard de Joza, débordant d'amour, se déversait chaque fois dans mes veines comme une gorgée d'alcool.

– Joza, commençai-je d'une voix à peine audible.

Il interrompit son travail et leva la tête.

– Regarde les feuilles.

Il posa la louche et vint s'asseoir à côté de moi.

Les feuilles ne tournoyaient que pour nous deux.

Nous les avons regardées une bonne heure durant.

16.

J'avais accroché le miroir de Žeňa entre les fenêtres. Quiconque entrait dans la chambre s'y voyait.

Le matériel pour confectionner ce bijou n'avait presque rien coûté.

Énigme séculaire de la création.

À Želary était préservé quelque chose qui, ailleurs, avait été perdu depuis longtemps. Ici, on portait hautes bottes de feutre brodées, pelisses et toques en peau de mouton cousues main. Ici travaillaient des brodeuses, des vanniers, des potiers, et dans la région pérégrinaient des *drátenící*[1], des pelletiers, des chiffonniers, des vitriers.

Le village était formé de quelques clans qui se suffisaient à eux-mêmes.

La seule personne qui n'appartenait à aucun d'eux, et en même temps à tous, était Lucka Vojničová.

Dans ces chaumières de montagne où les gendarmes ne s'aventuraient pas à moins d'être deux, et encore soupiraient-ils de soulagement s'ils ne s'étaient pas pris un eustache entre

1. [Draaténiitsi] Réparateurs itinérants de vaisselle en terre cuite, porcelaine ou pierre, originaires des montagnes slovaques, qui parcouraient l'Europe centrale.

les côtes, Lucka entrait sans craintes et, bien entendu, sans invitation. Contrairement aux gendarmes elle arrivait à ses fins. Elle aidait beaucoup de gens, elle en avait sauvé quelques-uns de la mort. Face au rituel du remerciement, elle devenait bourrue, c'est pourquoi ils ne la remerciaient pas. En réalité, ils ne l'aimaient même pas.

Dans cette contrée où l'on croyait à la sorcellerie et aux sortilèges, elle représentait une puissance redoutable.

Elle ne cajolait jamais personne. La vulgarité était une part intrinsèque de sa personnalité.

Dans sa terminologie, vous pouviez vous retrouver en morveux et en merdaillon, en passant par salope, enflure, cul merdeux et même feignasse, roulure, saligaud, minable, pochard et ribleur. Bien peu de personnes l'avaient entendue, dans les moments de tension, les appeler affectueusement « idiot ». Pour elle, j'étais de temps à autre Hanule ou « fille ». Chaque fois, malgré ma vaine résistance, elle me mettait en extase par cette appellation.

* * *

En tant que médecin, il m'avait fallu affronter la mort et je m'étais construit pour ces moments-là un mur de défense. Je n'ai pourtant jamais atteint l'état de sang-froid, la solidité, voire l'indifférence, que cultivait en elle la guérisseuse de Želary.

Je comprenais un peu. Les rixes étaient ici un divertissement courant dont l'apogée prévisible avait lieu le samedi, lors des bagarres générales à l'auberge de Látal. On y buvait l'argent gagné. Après le vigoureux délire, il restait des bancs ensanglantés et des chaises brisées. Dans l'atelier de menuiserie qui se trouvait à la scierie où travaillait Joza, le travail ne manquait jamais.

Les petits garçons savaient déjà manier le couteau à cinq ans. Chaque foyer possédait un fusil de braconnier.

Les gars, ivres de bagarre, s'en sortaient généralement avec des vétilles, dents cassées ou larges bosses. Mais, de temps en temps, il arrivait tout de même une tragédie.

Peu après mon arrivée, un garçon de seize ans fut tué d'un coup de chope à bière.

Cette fois les gendarmes étaient venus à quatre, mais l'affaire était restée sans suite.

Il fut établi qu'au moment des faits tout le monde était ivre mort.

Lucka n'accordait pas la moindre attention aux soûlards blessés.

C'est la Croix-Rouge qui prenait en charge les accidents de taverne, un groupe de femmes pleines d'abnégation dirigé par Anna Richtrová, épouse du comptable de la scierie, fameux buveur trimestriel.

17.

Plusieurs fois l'an, à Želary, avaient lieu chez l'aubergiste Látal des réjouissances pour lesquelles on se déplaçait même des villages voisins. En plus des jours de foire, on y faisait des noces et des *fašanky*[1].

Joza m'avait accompagnée à l'un de ces *fašank*. J'étais assez contente d'y aller. De la danse, des chansons, des costumes de toute la région. Devant l'auberge, cependant, j'hésitai un peu. Par la porte ouverte déferlaient sur moi les rythmes fous de la *vrtěná*[2], la turbulente danse régionale. Cymbalum, violon et tapage des chaussures ferrées.

Nous entrâmes et ce que j'aperçus, c'était l'Afrique.

Dès le premier coup d'œil, il fut clair pour moi que dix minutes de *vrtěná* m'auraient physiquement démolie.

Nous nous faufilâmes dans l'assistance jusqu'à un banc placé contre le mur, parmi les vieux et les vieilles décrépits qui ne participaient qu'en tapant du pied, en frappant dans leurs mains et en criant.

Je léchai mes lèvres sèches... et Joza se fraya un passage pour aller chercher une eau de Seltz.

---

1. Les *fašanky* [fashaneky] en Slovaquie morave, *fašiangy* en Slovaquie, sont des fêtes qui marquent les journées de clôture du Carnaval.

2. [Vrtiénaa] Littéralement, la « tourbillonnante ».

Je me tapis dans un coin, essayant d'échapper à l'attention des autres, mais un jeune gaillard costumé me trouva et posa sa main sur mon épaule, ce qui était un geste respectueux d'invitation à la danse. Autrement, il suffisait de faire un signe de tête ou encore de siffler.

Refuser eût été un affront mortel.

Désespérée, je cherchai mon homme du regard. Sans me laisser le temps de protester d'un mot ou d'un geste, le danseur m'avait attirée dans la farandole. Le gars frappa d'abord un instant le rythme avec ses pieds et, avant même d'avoir dansé, j'étais déjà en sueur. Il me tenait par la taille.

Puis, il se mit à tourner.

Mes efforts, qui m'essoufflèrent en quelques minutes, se limitèrent à lui marcher sur les pieds jusqu'à ce qu'il me soulevât pour m'agiter comme une poupée de chiffon. En échange de quoi, je lui fichai mes pointes de chaussures dans les tibias.

Je crus nécessaire de présenter mes excuses.

– Excusez-moi. Je ne connais pas ces danses.

Je le piétinai une fois de plus.

– Excusez-moi de vous marcher dessus.

Il me fit un large sourire aimable.

– *Z toho si nic nedělaj, dívča, ja som taky opitý*[1].

Le morceau terminé, il dut me soutenir pour me raccompagner à ma place. Je tanguais à son bras. Il regarda Joza, étonné.

– Je savais pas que c'était la tienne, dit-il pour s'excuser, et il donna une tape dans le dos de mon homme comme pour le remercier de l'honneur que je lui avais fait en ruinant ses bottes reluisantes.

Je bus l'eau gazeuse d'un trait.

La musique reprit. C'était cette fois le montagnard trapu qu'on surnommait Mánek l'Engrossé qui braillait de sa formidable voix de ténor.

Il était le fils du vieux Mánek, l'ancien maître de notre chaumière. Il avait reçu son surnom lorsqu'il avait forcé sa femme,

1. « T'en fais pas pour ça, fille, moi aussi je suis ivre. » En dialecte régional de Slovaquie morave.

dont la grossesse était avancée, à travailler et que Lucka lui avait hurlé :

– C'est donc toi ou c'est Pepina qui va accoucher ?

J'avais attendu mon propre surnom avec crainte, mais les dieux furent cléments.

Ils s'étaient mis à m'appeler *Jozova Hanule,* « la Hanule de Joza [1] ».

Une autre main toucha mon épaule.

Joza la balaya sans un mot. Je retins mon souffle. Dans une seconde, ça va partir en échauffourée.

Ça n'est pas parti.

Le gars qui s'était vu opposer un refus n'était pas encore assez soûl, il fut donc capable d'évaluer ses chances. Il saisit une jeune fille costumée par la main et exécuta avec elle de frénétiques pirouettes.

Je demandai à Joza de rentrer.

En route, je le tenais par la main et je sentis combien il était plein du regret que je ne me fusse pas amusée.

Nous marchions en silence dans le frais de la nuit, souffletés par le vent. Le rythme de la danse et les paroles d'une chanson nous accompagnaient :

Kade idem sama,
Samý vršek, jama,
Kade idem s milým,
Cesta malovaná [2].

La voix de la rivière, le chuchotement des branches, les pulsations du ciel, tout cela se démenait en une mélodie tenace. J'avais les larmes aux yeux.

Et ce n'était pas à cause de la bise.

– Il y a encore de la lumière chez les Juriga, dit Joza. Tu veux aller voir le veau ?

J'acquiesçai. Et nous changeâmes de direction.

---

1. Titre original de ce roman.
2. Où toute seule je vais, / Que gouffres et sommets, / Où vais avec l'aimé, / C'est un chemin coloré.

18.

Nous n'avons plus participé aux assemblées dansantes. En revanche nous ne négligions aucune des représentations théâtrales. Une société artistique réputée avait son siège à Želary. Elle était dirigée par Honza, dit Bouffon, un instituteur auxiliaire natif du village. Dieu l'avait pourvu des dons d'organisateur, de metteur en scène, d'acteur. Il savait rassembler autour de lui des collaborateurs non seulement enthousiastes mais surtout efficaces. Même Joza était des leurs. Il fabriquait et montait les décors, faisait tinter la chaîne en coulisses, se montrait même çà et là sur scène dans le rôle statique d'un serviteur ou d'un estafier.

Žeňa était l'inestimable assistante de Bouffon. Scénographie, costumes, maquillage, elle se chargeait de tout cela. À partir d'un vieux bric-à-brac, loques bariolées, foulards, rubans, papiers, cartons, boîtes, caisses, planches et paille, elle faisait apparaître comme par magie un palais royal, un infernal souterrain, une chaumière bucolique. On avait aussi sous la main d'excellents acteurs. Parmi eux brillaient deux voix splendides : celle de Mánek l'Engrossé et celle d'Hedvička Vlkošová, la femme de Honza.

On jouait principalement des contes de fées. À travers eux, les montagnards rejoignaient leurs rêves secrets, irréalisés. Je ne les connaissais pas. Ils étaient de source locale. Honza les adaptait à la scène et y insérait des chansons régionales. Le conte de Jeseňka était celui qui me captivait le plus. Drôle d'histoire. Pour accomplir trois fois son devoir, Jeseňka avait dû échouer à trois épreuves que sa maîtresse lui avait préparées.

La première fois, elle avait enfreint l'interdiction de quitter la maison pour se porter au secours d'un oisillon tombé du nid. La deuxième fois, transgressant l'interdit, elle avait posé à terre un pot de miel pour venir en aide à quelqu'un qui se noyait. Lors de la troisième et dernière épreuve, elle avait rompu son vœu de silence pour réfuter un vil mensonge.

Sa maîtresse l'avait chassée en lui donnant, moqueuse, un panier rempli de feuilles mortes pour toute récompense. Jeseňka apporta humblement son salaire au seuil de la maison familiale. Tombant dans les bras de sa mère, elle se mit à pleurer.

Les voisines étaient accourues pour saluer son retour. L'une d'elles plongea la main dans le panier et, au lieu de feuilles mortes, en tira une poignée d'or.

La pièce s'achevait sur une question ébahie de Jeseňka :

– Mais en échange de quoi, maman, de quoi ?

La maîtresse du conte était jouée par une beauté de Želary, la riche propriétaire de la scierie, Jitka, la sœur de Žeňa. Son jeu était misérable mais son apparence fascinante. Il était impossible à Honza de ne pas lui donner un rôle à la mesure de sa condition et de son charme dans chacune des pièces. En effet, la scierie était pour la troupe un généreux mécène.

Jitka avait naturellement le plus beau costume. Il n'était pas bricolé avec les chutes de tissu que donnaient les couturières du pays, il était cousu d'après le patron de Žeňa dans un luxueux salon de Šádova Huť. Jitka payait elle-même la facture. Lors de ses entrées en scène, elle marchait d'un pas élancé et gracieux, ce qui était le seul point positif de ses interventions. Elle parlait avec tant d'affectation que Honza en devenait fou. Il s'efforçait de raccourcir ses répliques pour ne laisser agir que sa belle apparence. Grâce à cela, elle récoltait les ovations.

Si elle avait eu un soupçon de talent, soupirait Bouffon, elle aurait pu devenir la nouvelle Andula Sedláčková [1].

Dans la salle bondée, Joza et moi nous asseyions près du mur, d'où nous pouvions observer non seulement la scène mais aussi la salle. Je voyais comment le metteur en scène faisait ce qu'il voulait du public. On riait, on pleurait, les visages rougissaient d'émotion, on retenait son souffle, on serrait les poings.

Les émouvoir, me murmurait une voix dans ma tête, les émouvoir et ils sont à toi. C'est tellement facile.

Les troubles réalités de chaque jour me persuadaient pourtant de l'immense difficulté qu'il y avait à cela.

Certains spectateurs venus du fin fond de la forêt, de la zone frontalière, étaient infestés de poux, d'autres puaient la crasse. Soit les femmes n'arrivaient pas à porter la charge de leurs obligations, soit tout leur était égal.

J'ai souvent parlé de cela avec mon mari et, pendant ces conversations, je glanais des détails cachés de son enfance. À mesure que je tirais de lui d'involontaires aveux, je vis se dessiner le calvaire qu'il avait subi, le mépris qu'il avait reçu comme enfant illégitime d'une fille de ferme.

– Ne rends pas les coups, lui avait dit sa maman, tu es fort, tu pourrais faire mal.

Et lui, il l'avait écoutée.

Par égard pour elle, il ignorait les coups et ne se plaignait jamais.

Il acceptait tout comme son lot.

Telle était donc la réalité qu'il m'avait poétiquement décrite sur son lit d'hôpital. Une chose dans ses souvenirs était certainement vraie. Le personnage de Metodějka Jandová, sa mère aimante et affectueuse. Toutes les princesses et les bonnes fées de ses contes avaient des yeux bleu-gris pétillants et une abondante chevelure châtain.

Joza était un homme et il était loin d'être beau. Il avait toutefois hérité de ces yeux et de ces cheveux.

Les bénéfices du théâtre, Honza les consacrait aux enfants.

---

1. Célèbre actrice de théâtre et de cinéma, qui brilla dans des « comédies de salon » de l'entre-deux-guerres.

Il les emmenait en ville où ils découvraient les tramways et les hauts bâtiments. Certains prenaient le train pour la première fois. Ils portaient autour du cou une petite carte avec le nom de leur village ainsi que le lieu et l'heure du dernier rendez-vous devant la gare. Dans les rues immenses, ils s'égaraient régulièrement l'un après l'autre, et les agents de police en ramenaient quelques-uns au train. Lors de ces excursions, Joza et moi apportions notre aide comme surveillants, mais les enfants ne s'en perdaient pas moins.

Ce fut pour moi une expérience exceptionnelle. La ville dans laquelle j'avais vécu toute ma vie me faisait penser à une chausse-trape. J'aperçus les affiches rouge sang sur les murs et le passé vint à ma rencontre.

Le silence de mort des rues, le soir. Les fenêtres aveugles. Les abris antiaériens. La phase initiale d'un enfer planifié, sur les autels sans dieu où trônait la croix gammée.

En regardant autour de moi, je me rendis compte que la plupart de ceux que je croisais n'avaient aucune conscience, tout comme moi auparavant, d'être destinés à la liquidation.

Et je perçus encore nettement autre chose. Je ne voulais pas revenir. Je passerai ma vie avec Joza. Si je ne l'avais pas rencontré, grand-mère, je n'aurais jamais compris le mystère des vieux époux qui ont toujours vécu ensemble et qui, côte à côte, prennent à la fin de leur voyage tombe commune.

Ne pas m'approcher de l'hôpital fut au-dessus de mes forces.

J'avais tiré mon foulard de façon à cacher au mieux mon visage.

Je ne tenais sur mes jambes que grâce au bras sûr de Joza.

Je n'eus pas le courage d'aller à la cité universitaire Kounic [1].

De cette visite à ma ville natale, en sus d'un prurit d'origine nerveuse qui dura quelques jours, je rapportai la dernière blague politique :

---

1. Située dans le centre de Brno, à la lisière du quartier de Královo Pole, elle porte aujourd'hui le nom de Družka.

« La femme tchèque est heureuse d'être une femme. La femme allemande ne sait pas encore qu'elle est une femme. »

Au loin, à l'est, la bataille de Stalingrad venait de se terminer.

19.

Grâce aux bons soins de Žeňa, j'avais embelli à Želary. Sitôt que mes cheveux eurent un peu poussé, elle les arrangea de façon astucieuse, si bien qu'ils m'encadraient le visage avec douceur, retenus en un chignon orné d'un peigne métallique fin comme une dentelle. Le peigne dissimulait une barrette qui tenait la coiffure en place. Il me fallut beaucoup de travail pour apprendre à me coiffer seule et trouver flatteur mon reflet au miroir. Les regards des hommes de Želary eux aussi me flattèrent.

On ne peut pas dire que Žeňa et moi nous étions liées d'amitié, bien que nous nous rendîmes constamment visite ou, plus précisément, bien que j'eusse sans cesse besoin de ses conseils et de son aide. Elle me prodiguait les deux bien volontiers, mais elle évitait les confidences. Je savais seulement qu'elle était veuve et que Jiřinka n'était pas sa propre fille. Ce n'était pas facile ici pour les veuves. La plupart du temps elles essayaient de se remarier, mais seuls des veufs qui se cherchaient une maîtresse de maison pouvaient entrer en considération.

Son imagination devançait toujours ses mains habiles. Elle courait derrière ses visions comme en état de fièvre. Je ne l'ai jamais vue rester inactive. Lors des soirées que nous passions, Joza, Lucka et moi, assis chez elle, car de sa chaumière la vue était féerique, elle se reposait en regardant silencieusement le paysage tandis que cliquetaient ses aiguilles à tricoter.

Lucka avait pour elle un sentiment singulier, elle lui était attachée comme à personne d'autre. Depuis l'enfance, paraît-il.

J'ai parfois rencontré le docteur Beníček chez Žeňa. Il y venait à cause de la pâlotte Jiřinka, enfant dont la mère, tuberculeuse, était morte en couches. Il la chouchoutait. La santé de Jiřinka était pour lui une question d'honneur professionnel.

Hormis cela, le médecin avait une relation amicale avec Lucka. Il ne cachait pas qu'elle lui avait beaucoup appris.

Dans la maison du petit pré de Pazdera, les invités ne se voyaient servir que des plats sans viande, Žeňa étant végétarienne. C'était perçu comme une excentricité mais elle accordait peu d'importance à l'opinion d'autrui, et là était sans doute la clef de sa relation avec Lucka. Elle suivait son propre chemin et sa seule réaction à la pression sociale était son sourire à fossettes.

Bien entendu, elle se soumettait sans un mot aux lois tacites de la contrée mais celles-ci étaient pour elle comme le vent qui la décoiffait.

J'essayais de voir au-delà des petites vallées que creusaient les fossettes de Žeňa. Même s'ils ne cachent rien, les gens mystérieux me provoquent.

Je réalisai qu'il n'était pas possible de la manipuler.

Le fait qu'elle ne tentât pas de rendre publique sa vision du monde, qu'elle n'exprimât aucune de ses opinions, qui pourtant guidaient chacun de ses actes, semait en moi confusion, colère et opposition. Cette façon d'agir surprenait d'ailleurs la plupart de ses relations.

J'avais la désagréable impression de lui succomber.

Je remarquai quelques livres sur son étagère, semblable à celle de Joza.

– Je peux regarder ?

– Certainement.

Je tirai un gros volume de *La Vie des animaux* de Brehm, le posai sur la table et me mis à le feuilleter.

Le livre était vieux, très abîmé.

– Je l'ai trouvé dans le grenier de l'école, m'informa Žeňa.

– Ah !

Je regardais les images familières.

– J'ai le même. Je l'ai reçu de ma grand-mère.

J'eus le sentiment qu'ainsi, avec ces deux phrases, nous nous en étions assez dit.

Il y en aurait davantage.

Le blanc mistigri bondit sur la table et donna un coup de griffe à la page que j'étais en train de tourner. Le vieux papier se déchira.

– Pardon.

– Ce n'est rien, ça se répare.

Žeňa était aux fourneaux, le dos tourné, et n'avait pu percevoir que le son de la déchirure.

Le chat s'avança de nouveau vers la page profanée et, quand je lui eus tapé sur la patte, il s'assit et se mit à la lécher. Mine de rien.

Je l'attrapai par la peau du cou pour le jeter à terre.

Il fit le dos rond sous ma main, attendant les caresses.

Žeňa se retourna à ce moment-là.

Ma main s'était mise, de son propre mouvement, à caresser servilement le chat.

C'était ce qu'on appelle un « instant d'inattention ».

Je m'en fis immédiatement le reproche.

Pendant que Boule de neige recevait ma caresse, sa maîtresse avait pris une boîte en bois sur une étagère, en avait soulevé le couvercle et, avec un tout petit pinceau, avait étalé un peu de colle sur la partie déchirée du papier, qu'elle avait lissé avant de faire peser un pot sur le livre fermé.

Cela avait duré à peine deux minutes.

– Jolie petite corbeille, lâchai-je.

J'essayais de me détourner des poils soyeux, qui crépitaient sous mes doigts.

Je n'attendais pas de réponse. Peut-être seulement deux fossettes.

Žeňa toutefois, dérogeant à son habitude, avait quelque chose à dire. Peut-être que ça la minait depuis longtemps et qu'elle devait se confier à quelqu'un. Ou alors, c'était tout simplement qu'elle m'aimait bien. En tout cas, elle me préparait une surprise insoupçonnable.

Elle tâtonna de nouveau sur l'étagère.

Le magazine de mode qu'elle ouvrit devant moi datait probablement de l'époque où elle travaillait à Šádova Huť.

– Regardez !

Un défilé d'onéreuses fourrures.

Je caressais le chat et aucun rapprochement ne me venait à l'esprit. Mon regard n'était qu'un point d'interrogation.

La confiance qu'elle m'accordait spontanément était sans doute exagérée.

– Sur les animaux, la fourrure est splendide…

Elle peinait à s'expliquer et son regard effleura Boule de neige.

– Et ici, dit-elle en touchant du doigt la photographie, sur un humain, ce n'est qu'une misérable charogne.

Elle haussa les épaules.

– Rien d'autre. Même un bon couturier. Vous voyez ?

Cela me fit l'effet d'une claque. Il y a deux ans, je me suis acheté une charogne. Doux Jésus !

Les yeux de Žeňa, qui ne se trompent jamais !

Maintenant, moi aussi je vois !

20.

Un jour que Joza avait à faire à la scierie avec deux jeunes gars, l'un d'eux lui avait entaillé le bras jusqu'à l'os. Lipka avait comprimé de ses deux mains la plaie qui saignait abondamment, jusqu'à l'arrivée de Lucka qui la ferma avec deux pinces à linge. Ils installèrent Joza dans une camionnette et filèrent chez le docteur. Ils étaient passés me prendre en chemin.

Je sentis Lipka, dans mon dos, qui me saisit la main ; il était convaincu que j'allais m'évanouir. Dans la voiture tressautante, j'examinai le blessé, je fis bouger ses doigts, je mesurai la qualité des soins de fortune qu'il avait reçus. Je fis ainsi jaillir une étincelle de joie dans les yeux de Lucka.

– C'est une belle entaille, bien propre, dit-elle avec satisfaction.

Elle parlait du muscle de Joza comme d'une pièce de bœuf.

Dans le cabinet de Beníček, une infirmière nous reçut. Le docteur serait de retour dans une heure.

– Je vais le coudre moi-même, décidai-je.

L'infirmière ne voulait pas même en entendre parler.

– Tais-toi, et fais ce qu'on te dit, la rabroua Lucka.

Le pétillement de ses yeux me rappelait, Dieu sait pourquoi, les cierges magiques sur un sapin de Noël. L'infirmière se recroquevilla et obéit.

Pendant que je suturais la blessure, deux paires d'yeux me regardaient. Une seule était effrayée à mort.

Nous sommes revenus avec la même fourgonnette.

J'avais enfin le temps de poser la question importante et j'appris donc ce qui s'était passé. Joza s'était colleté avec deux primates qui avaient attrapé des souris et s'amusaient à les dépecer vivantes.

Je les ai rencontrés tous deux, puisqu'il fallait ramener le véhicule à la scierie le jour même. Je demandai à Lipka de me désigner celui qui avait sorti sa lame. Je me campai devant lui et le regardai dans les yeux sans rien dire. Il soutint mon regard pendant peut-être une minute.

Comme mon silence et le silence de ceux qui étaient là l'humiliaient, il s'écria avec rage :

– Il m'a déboîté la mâchoire !

Puis il cracha :

– Le rat !

– Puisqu'il t'a déboîté la mâchoire, je vais te la remettre en place, dis-je d'un ton glacial malgré l'ébullition en moi.

Et, comme la lave devait sortir, je le frappai au visage de toutes mes forces, si bien qu'il chancela et se retrouva les mains à terre.

Lipka se plaça immédiatement devant moi, un couteau à la main.

Le garçon fit claquer sa bouche baveuse et recula.

Lucka hennit de joie.

– Tu es quoi, toi ? me demanda-t-elle sur le chemin du retour.

En posant sa question, elle m'avait tapé dans le dos en signe de reconnaissance, manquant me couper le souffle.

Je n'avais rien à lui cacher.

– Un médecin en fuite, madame Vojničová.

Dans son regard illuminé, le rire batifolait comme un papillon dans un filet. Elle me raccompagna à la chaumière de Mánek et se laissa offrir une *slivovice*. Après l'avoir bue, elle énonça comme une affaire entendue :

– Tu vas m'aider pour les accouchements.

C'est ainsi que je devins l'assistante de Lucka. J'ai tiré davantage de ses expériences pratiques que n'avaient pu me donner l'université et un stage trop court au service maternité.

J'étais confrontée à la vie dans ses aspects les plus rudes. Malgré mes protestations et avec l'incompréhensible indifférence de Lucka, certaines femmes de Želary étaient attelées à la tâche sitôt après l'accouchement. La plupart du temps, c'étaient les belles-mères qui leur montraient le moins de compassion. Elles ne manquaient d'ailleurs jamais de se donner en exemple.

Dans une certaine mesure, je me fis au cynisme de la vieille femme. Il était le noyau minéral de son équilibre intérieur et peut-être aussi de sa sagesse.

Nous ne recevions pas d'argent. Les pauvres nous régalaient d'une *slivovice* que je sentais, dès la première gorgée, jusque dans mes doigts de pied. De chez les riches, nous emportions des paniers garnis : viandes fumées maison, œufs, lard, beurre, grandes tartes aux fruits.

Mon savoir universitaire ne signifiait rien. Les leçons utiles, je les ai reçues ici. J'ai vu des chaumières à moitié vides, littéralement bues par la brute épaisse, des enfants battus et sous-alimentés, des petits vieux courbés, mais aussi des hommes fourbus, victimes de l'intempérance et de l'avidité des femmes. J'ai rencontré des mentalités arriérées, de l'égoïsme dépravé, une avarice insensée et, d'un autre côté, une humilité angélique, la patience, la vaillance et l'amour.

Le monde de l'âme humaine, avec ses deux pôles irréconciliables, tournait ici comme une roue de moulin.

– Pourquoi tant de méchanceté entre les gens ! soupirai-je.

Ce n'était pas une question.

Lucka répondit tout de même.

– Parce qu'ils ne savent pas vivre.

Le verdict m'exaspéra et me déstabilisa. Je le déchiffrai comme un cryptogramme.

Je sais vivre, moi ?!

* * *

Nous entrâmes dans la maison de la vieille Vaňková pendant son agonie. Le prêtre de Želary était assis à côté d'elle. Il tenait ses mains presque froides dans les siennes, il leur ôtait le poids de ce bas monde. Il prononçait à voix basse des mots d'accompagnement, afin que l'âme contrite passât de l'autre côté doucement et sans heurts. La montagnarde épuisée souriait.

Vaňek, soûl, se vautrait dans l'entrée. Lucka le repoussa d'un coup de pied parce qu'il lui faisait obstacle.

Quand la mort ou une grave maladie survenait dans ces cahutes de montagne, le curé n'hésitait jamais à s'habiller en pleine nuit et à crapahuter sur les collines escarpées où ne menait aucun chemin.

Même ceux qui n'étaient pas catholiques l'appelaient. Sa présence guérissait, apaisait, exorcisait. Le pasteur évangélique n'avait pas ce pouvoir.

Lucka, tout comme moi, n'était pas croyante. Il y avait malgré cela entre elle et le prêtre un lien indestructible. Ils se rencontraient au chevet des malades comme si c'était devant l'autel.

La devineresse et le prêtre menaient fréquemment de longues et incroyables conversations. Ils se comprenaient très bien, même si chacun parlait une langue différente.

Pendant les fêtes, j'allais à l'église avec Joza. Lui par piété et moi parce que le prêche me captivait. Le prêtre parlait clairement, se faisait bien comprendre, il révélait les mystères de l'Évangile comme on dévoile un tableau.

La Bible était pour lui une injonction d'agir.

En montagne, les hommes péchaient comme partout ailleurs, le pays était imprégné de vices, pas un seul des commandements de Dieu n'était respecté.

Dans le malheur, pourtant, ils tombaient à genoux et gémissaient que c'en était pitié.

Les prières et les rituels coutumiers étaient leurs repères. Dans leur païenne idolâtrie, ils préservaient comme partout ailleurs les symboles, les statuettes, les images, les chapelets, et se tournaient vers eux dans une crainte confiante, souvent en tout dernier espoir.

Le prêtre l'avait compris.

Il abordait la faiblesse humaine avec une bienveillante compassion, comme si la mesure de ses propres péchés ne pouvait lui permettre de se poser en sermonneur.

Je l'observais avec stupéfaction. Consolateur et berger, apparemment sans défense, je le voyais surmonter la douleur et la mort par la force de l'amour qui pardonne tout, en lequel je ne croyais pas.

Jusqu'alors cet amour allait pour moi de pair avec le marmonnement étouffé de belles paroles. Je ne soupçonnais pas qu'il était vivant et faisait des miracles.

Ailleurs qu'à Želary, le prêtre qui eût appelé les choses par leur vrai nom, avec cette simplicité apostolique, aurait été déporté depuis longtemps, ou excommunié, selon le pouvoir qui se serait emparé de lui le premier.

Il arrive, l'histoire nous l'apprend, que les hérauts de principes aussi nobles qu'exigeants, parfois, et leurs épigones, toujours, se construisent une petite voie de secours sous les dehors d'une condition « exceptionnelle ».

Le prêtre de Želary vivait ce qu'il prêchait.

Avec une simplicité sidérante.

En vain ai-je cherché en moi une source d'où j'aurais pu faire jaillir quelque chose de semblable. Les propos du prêtre avaient un caractère politique univoque. Il énonçait à voix haute et sans retenue ce qu'on ne faisait ailleurs que chuchoter en regardant par-dessus son épaule.

De la frontière, on reçut la nouvelle que des partisans étaient apparus dans les forêts. Des jeunes au sang bouillant les rejoignirent.

La rumeur se répandit que la Brigade indépendante tchécoslovaque se battait du côté de Dukla [1].

Dans le protectorat de *Böhmen und Märehn* [2], on exécutait avec rage.

---

1. Col montagneux entre l'URSS et la Slovaquie, où eurent lieu des combats décisifs pour l'avancée de l'Armée rouge.
2. Protectorat de Bohême-Moravie (mars 1939-mai 1945).

21.

Pour Joza, notre vie conjugale représentait la même rupture que pour moi. Il devait s'accommoder de la condition d'homme marié qui, au lieu de la cahute à chèvres que lui avait attribuée le destin, habite sa propre maison.

Dans ce village de montagne, il était mis à nu.

Sans doute, cela l'embarrassait un peu d'être appelé « tonton » par les gosses.

Il rêvait comme tous les autres, mais il n'avait certainement jamais eu l'audace, dans aucun de ses rêves, de vouloir ce que le hasard lui avait offert, la part du prince.

* * *

Durant les soirées froides et humides, quand on ne pouvait pas traîner dehors à cause du vent importun ou de la pluie, Joza et moi restions assis sous la lampe à pétrole, chacun bricolant quelque chose. La plupart du temps, nous nous taisions, nous contentant d'être ensemble et, lorsque nous ressentions le besoin de parler, nous ridions la surface de notre bien-être mutuel par un dialogue loufoque. Inoubliables facéties. Reliques hors de prix.

C'est moi qui commençai.

– Joza, je crois que je vais te couper une oreille, tu en as deux et cette symétrie me tape sur les nerfs.

– Vas-y, coupe donc, dit-il avec le même calme que moi, sans même lever les yeux de son ouvrage.

– Ça y est, je vois clair dans ton jeu. Tu veux défigurer mon mari. Je vais t'étrangler, ça t'apprendra.

– Étrangle-moi, concéda-t-il.

– Tu n'arriveras pas à me provoquer. Si tu veux être étranglé, tu n'as qu'à t'étrangler toi-même. Mais réfléchis bien parce que, si tu fais ça, je te crève la peau.

– Ça me va. Je n'aurai pas à faucher l'herbe.

– Cette nuit, nous dévaliserons la poste de Šádova Huť. Je vais me mettre en quête de bas noirs.

– Prends tes bas ordinaires, puisqu'il fait nuit noire.

– C'est malheureux, Joza, si la poste est fermée. Nous n'avons pas les clefs… Seigneur Jésus, ça hurle sur la plaque ! Plante un clou dans la porte, si le dîner est brûlé, je me pends.

– Il est déjà planté, de la dernière fois.

Cette orgie de libre bavardage avait pour nous une dimension supplémentaire. Elle nous permettait de nous approcher de la frontière du possible.

J'appartenais, avec Slávek, à une génération qui avait donné une formulation précise au canular. La vitesse à laquelle Joza avait adopté le jeu m'étonna.

Je ne ratais pas la moindre occasion de lui passer les bras autour du cou. Il suffisait qu'il m'enlace, appuie son front contre le mien et me dise « Hanulka ». Le plus bizarre, dans mon comportement pubertaire, c'est qu'il me vint avec mon mari.

Pendant la foire, j'avais fait photographier Joza, par pur sentimentalisme. Il avait l'air ahuri, comme s'il ne regardait pas l'objectif mais la face de Méduse. Son portrait prouvait qu'on peut très bien ne pas se ressembler.

En plus, il avait coûté cinq couronnes.

Je l'avais jeté dans le ravin.

22.

Lorsque nous sommes montés très haut, jusqu'au sommet d'une falaise, en passant par un défilé immaculé de traces humaines, ce fut à peine si nous sentions encore le sol sous la fine surface. Nous n'avions plus ni foyer ni noms. Nous n'avions qu'un émerveillement apeuré et le silence, un silence bruissant que le vent saccadait comme une toile décomposée. Sur ces limpides hauteurs, j'ai vécu un instant qui se démarquait de tout ce que j'avais connu jusque-là.

Au-dessous de nous se trouvait un ravin verdoyant, au-dessus rien d'autre que le ciel. De là-haut, nous voyions des nids dans lesquels ça gazouillait, des nids de rapaces, et les extrémités des branches, d'un vert timide de printemps, remontaient vers nous comme à l'assaut.

Je n'ai pas le vertige. Je posai le pied au bord de la falaise.

Devant mes yeux, la fente verte ondulait.

J'attrapai Joza par la taille, lui me passa le bras sur les épaules. Nous sommes restés debout, ainsi, jusqu'à ce que tout disparût et que nous fussions seuls.

Entre ciel et terre.

Ce qui nous tenait en équilibre n'a pas de nom. Nous nous figeâmes dans une sorte d'état cataleptique.

L'univers ressemblait à une porte grande ouverte.

Puis, c'est arrivé. Ça a duré une seconde, une fraction de seconde, peu importe. Moi qui ne crois en aucun dieu, en aucun démon, je décelai la présence d'un monstre. Il nous cernait, il nous avalait, nous étions sa proie.

Pour le vaincre, il faut nier son existence.

Je cherchai une incantation magique, je tendis toutes mes forces intérieures. Je suis un Titan, prêt à mourir, pas à se rendre.

Ma volonté menait son plus haut combat.

Et ce fut à nouveau le cliquetis des branches, mon visage enfoui dans les mains de Joza et, dans le battement agité de ses artères, je lus quel air terrible j'avais. Je levai la tête. Je pris conscience du ravin verdoyant, du ciel sans nuages et du fait que j'enfonçais mes doigts dans la peau de Joza.

– La tête t'a tourné, Hanulka.

Je revins si pleinement à la réalité que je réalisai d'un coup ce qui s'était passé.

J'avais essayé d'effacer le temps.

Depuis que le monde est monde, il rampe vers la beauté.

Tenir son pouvoir magique pour un insolent mensonge est au-dessus des forces humaines.

Il est difficile de croire qu'un jeune homme attirant est un fumier, qu'une charmante beauté est une bête. Quelque chose en nous se raidit face à la rudesse de la vérité nue. Nous nous sentons insultés et nous fermons les yeux.

Joza n'éveillait pas de rêves romantiques, il les accomplissait. Comme illusion, il était indûment accessible.

Quelque chose ne tourne pas rond ici.

Par une nuit nuageuse, il me vint à l'idée de trouver à tâtons la beauté de Joza. Nous nous endormions chacun enveloppé dans sa couverture, mais nos mains étendues se touchaient.

– Ferme les yeux, Joza, l'invitai-je.

Il le fit sans même demander pourquoi.

Je me rapprochai de lui et mes doigts explorèrent son visage, je les déplaçais centimètre par centimètre sur le menton, les joues, le nez, le front, les lèvres. Après avoir fait le même chemin pour la deuxième fois, j'étais sûre de ma découverte.

– Tu es beau, Joza.

Il fut effrayé.

– Moi ?

– Oui.

Je pris sa main et l'attirai sur mon visage.

– À toi maintenant.

Il ne m'a pas dit, comme l'eussent fait la plupart des hommes, que j'étais folle.

Ses doigts rugueux essayaient de me caresser comme je l'avais fait avec lui. Sauf que je ne l'avais pas caressé.

Il prenait tout comme une plaisanterie incompréhensible.

Depuis que le monde est monde, l'homme rampe devant la beauté et il n'y a pas une bêtise qu'il ne soit capable de faire pour elle.

J'avais saisi la beauté de mon homme.

23.

À la différence de Žeňa, Juliška m'avait ouvert son cœur dès le premier jour. J'avais appris qu'après la mort de ses parents, elle avait été élevée par sa sœur aînée, elle-même mère de nombreux enfants. Je pouvais imaginer.

Ramasser les pommes de pin, faucher les prés, rincer le linge dans l'eau glacée de la rivière, biner le champ de pommes de terre, surveiller les tout-petits et les quatre chèvres cornues.

La version de Juliška était idyllique.

Elle me parlait aussi de ses camarades de classe : Žeňa, Madlenka de la forge et Marenina Irča.

Enfant, Žeňa était bègue et elle en avait bavé. Lucka l'avait débarrassée de sa tare et, depuis ce temps-là, la fille de l'agent forestier lui était dévouée corps et âme. La raison pour laquelle la vieille sorcière grincheuse lui rendait son amour restait pour moi un casse-tête.

Le destin de Madlenka, il me fallut le soutirer adroitement à Juliška. C'était un acte d'accusation contre l'avarice de sa mère. Lorsque sa fille unique s'était cassé les jambes en tombant de la luge, on l'avait laissée au lit pendant quinze jours, en attendant que ça lui passe. Lucka l'avait appris trop tard. Elle avait fait du raffut mais Madlenka était déjà infirme.

La mignonne Irča avait été fiancée à Vojta Zálešák. Peu avant le mariage, le fougueux promis s'était battu au couteau avec Jura Machala et avait été jeté en prison. Marena mère avait poussé sa fille à se marier avec un riche tenancier de café de Šádova Huť. Juliška y avait été, plus tard, employée comme plongeuse, et c'est là-bas, comme elle disait, que la chance l'avait rencontrée : un homme avec six enfants. Le mariage avait été arrangé par Lucka Vojničová.

Pavel Juriga n'était pas veuf et il n'avait même jamais été marié. Il avait vécu en union illégitime avec la femme d'un manœuvre des chemins de fer. Après le sixième enfant, sa compagne en avait eu plein le dos et s'en était retournée à son mari. D'ailleurs, ce dernier venait justement de se faire construire une maison à Šádova Huť.

Pavel aimait immensément sa descendance. Il ne se laissa pas retirer un seul enfant. La mère, heureusement, ne partageait pas ses sentiments. Elle était plutôt soulagée d'être libre. Il n'était pas dit, en outre, que son manœuvre l'eût l'acceptée avec ses six gamins.

Sur les *kotáry* [1] vivaient bon nombre de femmes qui se seraient volontiers laissé fouailler par le beau Juriga. Mais ce dernier se conforma au choix de Lucka bien que la fille, timide et discrète, ne l'attirât en rien.

Dans l'année, Juliška donna naissance à des jumeaux, des filles cette fois. Pavel avait cessé de boire, ne la frappait jamais et, même, ne regardait nulle autre femme.

La fidélité de Juliška allait de soi. Ici, lorsque les femmes avaient des aventures sentimentales, les conséquences étaient toujours cruelles. La femme adultère tombait aux mains des plus mauvaises.

Dans ce contexte, j'étais surprise par le nombre élevé d'enfants illégitimes. Chez les femmes qui n'étaient plus jeunes filles, c'était monnaie courante.

Juliška m'apprit des choses étonnantes sur la guérisseuse. Elle venait d'une famille de « boutonniers ». Ils vivaient à douze dans une seule pièce et, n'ayant pas de lit, ils couchaient par

1. Terrains pentus, arides et rocailleux, typiques des montagnes moravo-slovaques.

terre sur de la paille qu'ils entassaient au matin dans un coin. L'été, ils dormaient au grenier. Une fois grands, les enfants se dispersèrent de par le monde. Seule Lucka, la plus jeune, resta dans son village natal.

C'était une vraie beauté et le grand-père de Žeňa, beau et pétulant propriétaire de la scierie, avait jeté son dévolu sur elle. La raison pour laquelle ils se séparèrent reste noyée dans les conjectures. Ce qui est sûr, c'est qu'avant d'en arriver là, le gandin s'était pris un coup sur le crâne dont il portait encore une cicatrice de quelques centimètres.

Juliška parla aussi de Joza.

Le mariage avait été loin d'être une affaire simple pour lui. Il s'était heurté à l'opposition de la femme du forgeron, pour qui il représentait une main-d'œuvre indispensable et, surtout, gratuite.

Le forgeron était un paresseux et un pochard. Toutefois, le ménage s'en sortait bien parce que sa femme lui tenait la bride courte. À quinze ans, apprenti et homme à tout faire, Joza vint augmenter leur opulence. Plus il avançait dans la maîtrise de son artisanat, plus souvent son seigneur et maître, sous prétexte d'aller négocier des affaires, se planquait dans un coin de l'auberge de Látal, où il ne pouvait être vu depuis la forge.

Peu à peu, Joza fit tout à sa place. Il ferrait les chevaux, forgeait des socs de charrues, des râteaux, des haches, des houes... Son tour de main fut bientôt connu dans les villages avoisinants, les affaires florissaient. Tout le jour durant, les clients affluaient à l'auberge de Želary. Joza trimait sans discontinuer.

La forge travaillait aussi pour la scierie et la forêt domaniale. L'argent gagné durement par les mains de Joza était ramassé par la femme, et les pourboires étaient bus par le forgeron.

Ainsi allait la vie jusqu'à cet été où, pendant le mois de la foire, arriva au village un saltimbanque d'un certain âge : Tonti, l'homme-serpent. Depuis le comptoir de l'auberge, il avait un bon point de vue sur l'activité de la rue et, devant lui, assez de temps pour ourdir son filet. La femme du forgeron y fut prise sans grand effort. Naïve jusqu'au ridicule, elle avait succombé à sa feinte passion. Quant au forgeron, qui depuis longtemps aimait davantage la pinte que sa femme et vivait sous une double dépendance, il accepta sans sourciller un nouvel apprenti. Sa femme, exagérément avare, décida que Joza travaillerait à la scierie et que, les soirs et les dimanches, il viendrait aider à la forge. En échange, elle lui laissait une sorte de chambre dans la cour, un ancien local à chèvres, et lui fournissait les repas du soir. Joza accueillit ce double travail avec calme.

Le forgeron attrapa froid pendant l'hiver, fut pris de fièvre et mourut de « crampes d'estomac ».

À peine la veuve eut-elle exprimé son appétit de noces que Tonti, ayant compris ce qui l'attendait, tira ses grègues. Il emporta au passage les livrets d'épargne.

Quand Joza était revenu de l'hôpital avec l'intention de se marier, la maîtresse de maison s'était persuadée qu'elle pourrait lui ôter cette idée folle de la tête.

Elle se trompait bien.

Par dépit, elle dégoisa sur lui dans tout le village et divertit les curieux par de juteuses inventions. Les gens se mirent à regarder Joza comme s'il était revenu de l'hosto avec une tête supplémentaire.

Lucka se mêla de l'affaire. Après une brève conversation, elle laissa la veuve pâle comme un linge et malléable comme de l'argile de potier. Elles avaient discuté des crampes gastriques qui avaient précédé la mort du forgeron.

Sur le conseil de Lucka, Joza déménagea. Il alla coucher dans l'étable des Juriga.

La femme mit en location son fonds de commerce. Elle ruminait une solitude haineuse dans l'ancienne chambre de Joza.

Le jour, elle restait assise des heures sur la tombe de sa fille, Madlenka, et pleurait à chaudes larmes.

Ainsi, Lucka avait été le dernier maillon de la chaîne qui m'avait attachée à ce village de montagne, où Joza et moi avons commencé à tourner autour d'un axe commun.

Je finis par accéder à une connaissance inattendue. Hors du monde des sens et libre de toute réflexion déstabilisante, au-delà du seuil de la conscience « primitive », une intuition, ou était-ce la mémoire, s'éveilla en moi et me fit vivre une « nouvelle » réalité.

Cette impression me bouleversa.

La hiérarchie de « valeurs définitives » partit en flammes, et sur le brûlis des brins d'herbe poussèrent.

Un tapis de verdure sur lequel j'irais pieds nus.

Ma liberté intérieure commença à se remplir comme une coupe vide.

* * *

J'allais chez Juliška quand j'en avais envie et je m'efforçais de l'aider. Pas toujours avec succès. Par exemple, avec la baratte, je n'y suffisais pas. Juliška devait finir elle-même cette tâche difficile et je recevais un petit pot d'un babeurre incroyablement délicieux.

Malgré la monotonie du travail, les soucis, les difficultés avec les enfants, je n'ai jamais vu la femme de Pavel de mauvaise humeur, en colère ou mécontente. Sa journée était une chanson gaie, qui s'achevait le soir par une fête avec le retour en fanfare de Pavel.

Il faut un don pour chaque chose. Même pour le bonheur.

24.

J'avais connu Lucka en vieille furibonde, mais, lorsque je fus confrontée à sa véritable colère, j'en eus le souffle coupé. Elle s'était changée en spectre. Elle vomissait des malédictions qui se succédaient de façon insaisissable, jusqu'à rappeler l'aboiement d'un animal rendu fou. Personne ne pouvait opposer de résistance à l'élément déchaîné qu'elle était devenue. Elle s'était ruée sur le jeune Kutina, un gars comme une montagne qui aurait pu l'écraser entre ses doigts ; elle ne lui en avait pas moins collé son poing entre les deux yeux et fendu la lèvre.

La force physique n'est rien, la force physique est ridicule si le terrain est dominé par une fureur n'ayant aucun besoin du corps.

En une fraction de seconde, elle suscitait autour d'elle une atmosphère de terreur qui se répandait depuis un lieu hors le monde.

Cette fois, seule l'arrivée du prêtre put arrêter sa transe.

Soudain totalement calme, elle le prit par le coude et le conduisit jusqu'au lit. D'un mouvement de main, elle avait chassé tous ceux qui étaient présents, moi exceptée. Je m'étais blottie dans un coin.

Mais je dois revenir à ce qui précéda.

Nous étions assis dans le pré de Pazdera, Žeňa, Lucka, Joza et moi. Les trois petits Kutina vinrent nous dire que leur maman était par terre dans la grange, qu'elle ne se levait pas et que son sang coulait. Ils se tenaient par la main pour se donner du courage. Le plus grand des mioches avait cinq ans.

Ils étaient debout à la porte. Ils se taisaient.

– Qu'est-ce qu'il y a ?

Lucka avait posé la question.

– Maman est tombée, dit l'aîné.

– De l'échelle, ajouta la fillette.

– Qu'est-ce qu'elle faisait ?

– Elle descendait du foin.

– Du foin !?

– Avec la fourche.

– C'est arrivé quand ?

– Ce matin.

– Ce matin !?

– Ce matin.

Je sentis une vague de fureur qui enflait en Lucka, qui bouillonnait.

Mon homme pâlit.

Il envoya les enfants chez le curé.

– N'oubliez pas de dire qui vous envoie.

* * *

Près de la chaumière de Kutina nous avons rencontré le vieux qui, nous ayant sans doute aperçus par la fenêtre, était venu au-devant de nous. Des larmes coulaient sur son visage aux traits tombants.

– La petite a fait une fausse couche, balbutia-t-il.

– Oui, grailla Lucka. Et qui l'a laissée une demi-journée par terre après une chute de l'échelle, tout ça parce que Macek, ton fiston bien comme il faut, avait la flemme de gratter de la fourche et de faire le fourrage ?!

– Ma vieille disait…

– Qu'est-ce qu'elle disait, birbe moisi, qu'est-ce qu'elle disait ?! Peut-être qu'elle est allée la voir deux fois ?! Qu'elle empêchait ses enfants en pleurs de l'approcher ?! Et qu'elle se frottait les mains parce que au moins, maintenant, elle serait débarrassée de ses cauchemars ?!

– Qu'est-ce que vous racontez, je l'aime bien, moi, Aninka !

– Toi, sûrement, bancroche ! hurla-t-elle. Tu n'étais pas capable de sortir des jupons de ta femme ?! À quoi il te sert le fouet suspendu dans l'écurie ?!

Elle entra en trombe dans la chambre. La petite, blanche comme le sel, était allongée sur le lit. La vieille se mit en travers de son chemin.

– Personne ne vous a demandée !

– Ah, non ? C'est toi qui m'as attirée, charogne !

– Tu entends comment elle me parle, Macek ?

– Il entend, il n'est pas sourd ! Lucka hurlait plus fort qu'elle. Ferme-la parce qu'il pourrait bien te manquer des dents lorsque dans six mois tu te retrouveras devant le siège du Jugement et que le Seigneur t'interrogera sur ta belle-fille Anna.

La Kutina devint verte. Qu'une sombre prophétie de Lucka ne se fût pas accomplie, ça n'était jamais arrivé.

– Je vais chercher le docteur, proposa le beau-père en se faufilant par la porte.

Lucka s'esclaffa et son rire me souleva le cœur. Je savais, tout comme elle, que c'était fini.

Lorsque Macek essaya de mettre Lucka dehors, il advint la scène que j'ai rapportée.

Le prêtre s'assit où il fallait, sur le rebord du lit et, au lieu d'une prière, il dit :

– Ne craignez point, la paix vient sur vous.

Contrairement à Lucka, le curé vouvoyait tout le monde à Želary, bien qu'il connût chacun depuis l'enfance.

Il prit les mains de la femme dans les siennes. Son regard s'éclaircit, comme si elle s'éveillait.

– Mon père, dit-elle.

Il était visible qu'elle avait tout à fait cessé d'avoir peur. C'est ainsi que je voudrais mourir.

Alors que nous partions, je demandai à Lucka avec étonnement :

– Vous avez parlé du siège du Jugement. Vous êtes croyante ?

– Moi non, elle si.

– Mais comment savez-vous…

– Tu n'as donc pas remarqué que ses jours étaient comptés ? Ses membres tuméfiés, ses yeux, son teint…

Je rougis et ma gorge, rouge elle aussi, se serra. Naturellement que je l'avais remarqué. Mais à l'instant seulement.

Lucka me donna une tape dans le dos. Cela m'aida tant que je faillis lui embrasser la main.

On aime ou on déteste Lucka, sans réserve. On peut passer de l'un à l'autre mais, entre les deux, rien.

À la maison, je me jetai dans les bras de Joza. Il écouta mes plaintes, attentionné, et n'y ajouta rien.

Je passai une nuit blanche sans parvenir à chasser l'image des trois petits enfants épouvantés.

Je m'endormis vers le matin et me réveillai aussitôt : un agent de la Gestapo s'était introduit dans mon rêve.

La chambre était emplie de clarté. Telle que j'étais, couchée, je voyais que le mur entre le plafond de bois et le plancher reflétait de la lumière. Je me tournai vers la fenêtre pour regarder dehors. Le jardin était recouvert de neige. Une poudre blanche s'était posée sur les branches. Je me levai et me glissai dans mes chaussons. J'entendis Joza s'asseoir.

– Regarde, Joza ! La première neige !

– Ce n'est pas de la neige.

– Et qu'est-ce que c'est ?

– La lune.

Il m'agaçait.

– Bon Dieu, Joza, réveille-toi !

Je souhaitais avoir un ton offensé, mais sans colère.

– Je reconnais pourtant bien la neige ! J'ai des yeux !

Je courus à la fenêtre. Une pellicule de neige recouvrait les plates-bandes.

Je me précipitai dans l'entrée et ouvris la porte à la volée, je voulais faire une boule de neige et l'apporter à Joza, au lit.

Mais, de ce côté, le jardin n'était qu'une sombre bande de terre bêchée. Les buissons et les arbres se découpaient. Une pleine lune glaciale s'approchait dangereusement des faîtes affûtés comme des aiguilles, sur la défensive. Je me figeai.

Je sentis la présence de Joza derrière moi et je tournai le dos aux ruines de mon illusion. Il tendit la main. J'y posai mon poing glacé.

– Tu avais raison, Joza. Ce n'est pas de la neige.

Je vis qu'il en était peiné.

Pour combien d'illusions serais-je prête à me battre, pour combien à donner ma vie ?

La neige commença à tomber fin octobre. Je venais juste de me mettre à tricoter un pull pour le Noël de Joza.

Il reçut mon cadeau avec émotion.

Lui-même m'avait cousu des bottines de feutre, confectionné une très belle boîte à couture et s'était procuré Dieu sait où une tablette de chocolat.

Ce Noël fut magnifique. Chez nous, chez Žeňa, chez les Juriga, nous nous réunissions tous les jours, jusqu'aux Rois, et Lucka, naturellement, ne nous faisait jamais défaut.

Au soir du réveillon, nous avons piétiné la haute neige d'albâtre en direction de l'église illuminée, pour la messe de minuit. Devant, Joza et Pavel tassaient la neige avec leurs pieds et le cortège était clos par Lucka qui, bien entendu, n'allait pas à la messe mais boire une *slivovice.*

Près de l'église, nous nous sommes coulés dans le flot des villageois en fourrures brodées de fête. Par un froid de loup, les filles célibataires allaient sans coiffe, sinon le traditionnel ruban qui ornait leur large natte. Les bébés avaient été apportés dans des sacs de fourrure, où ils dormaient paisiblement. Leur présence physique dans le saint lieu était indispensable.

La Sainte Nuit touchait même mon cœur d'athée par la fervente humanité des prières, des chants, des fronts baissés avec humilité. Aucun dieu ne peut manquer d'exaucer de si confiantes invocations.

Joza était à genoux sur la dalle glacée que son front touchait presque. Je m'agenouillai près de lui et imitai son attitude.

Tout le long, je ne pensai ni à Dieu ni à mes péchés, mais plutôt à mon homme qui faisait pénitence.

Combien de fois avait-il dû entendre qu'il avait ruiné la vie de sa mère, bien qu'il n'eût jamais été rien d'autre pour elle que l'accomplissement de ses sentiments et son plus cher trésor ? Plus son amour lui était manifeste, plus douloureusement il le portait. Sans la complication que représentait son existence, elle aurait pu se marier, ce qui était le but supposé des efforts d'une femme.

À présent, c'était moi l'objet de ses angoisses. Il m'avait arrachée à un milieu qui était mon chez-moi, m'avait privée de mes amis et d'une position honorable pour m'emmener vivre dans une cahute de montagne où il n'avait à m'offrir qu'une servitude de femme inculte.

Au retour, sur le chemin damé, je n'avais déjà plus besoin de faire attention où je posais le pied. Je regardais tout autour. Les arbres se courbaient et craquaient sous le poids de la neige.

J'allais régulièrement, avec des ouvriers forestiers et des bénévoles, aider à les libérer de cette force destructrice. Joza m'apprit alors à reconnaître les traces. Les souffrances des animaux de la forêt me touchaient autant que les souffrances humaines.

Nous avions construit des mangeoires pour les oiseaux dans le jardin. Je les garnissais de miettes de pain, de graines de tournesol, et j'y avais suspendu des morceaux de suif. Je restais des heures assise à la fenêtre ; nos pensionnaires étaient à portée de main. Mon homme me répétait patiemment leurs noms. Le roitelet, l'oiseau moqueur, les chanteurs jaunes et verts, le pic, le pic épeiche, le pivert, le gros-bec, le grimpereau, les grimpeurs...

C'était quelque chose d'entièrement différent des moments où Lucka m'enseignait les noms des plantes et des champignons. Elle nommait vingt espèces en une suite rapide et, quand je me trompais, elle s'étonnait que j'eusse l'esprit si obtus.

Je ne m'en indignais pas. Sa rigueur grincheuse m'amusait. Bien vite, elle avait vu clair dans mon jeu et m'avait souri de son plus doux sourire.

Après Noël, une nouvelle fit le tour des *kotáry* et arriva jusqu'à nous. Elle concernait la jeune Šedinová, la femme de Fráňa. Elle avait purement et simplement disparu du village.

Je l'avais vue travailler au champ et son aspect avait attiré mon attention. Elle était émaciée, visiblement anémique, ravagée par une maladie ou sous-alimentée.

J'avais exprimé ma compassion et mes craintes pour elle à Lucka, qui les avait écartées d'un revers de main.

L'hiver, à la montagne, rien ni personne ne se perd. Tout laisse des traces. Selon le clair raisonnement de la vieille sorcière, le plus probable semblait que la petite était partie chez des parents, en ayant eu assez de recevoir, au lieu de gratitude, une raclée chaque samedi.

Les liens familiaux chez les Šedina étaient connus de tous. Le jeune, qu'ils appelaient Loufoque, un costaud impulsif, était tombé sur une ancienne petite amie pendant la foire. Il l'avait ramenée chez lui pour une brève visite et elle n'en était jamais repartie.

Le père de Fráňa était aussi un drôle d'oiseau. Devenu veuf, il ne s'était pas remarié. Il s'occupait d'un lopin de terre dans la forêt, faisait sa cuisine, sa lessive et son ménage lui-même. Ceux qui étaient de temps à autre en contact avec lui affirmaient que sa maison brillait comme un sou neuf.

Pour d'obscures raisons, il avait pris en grippe le sexe féminin. On riait de lui un peu partout mais en secret.

Son fils et lui ne se supportaient pas. Engoncé dans sa solitude, il demeurait dans sa clairière avec son vieux cheval et sa vache.

Il semblait que le cas Šedinová allait tomber dans l'oubli.

Au bout de quelques mois, la roue tourna. La jeunette reparut de façon aussi inattendue qu'elle avait disparu. Mais chez son beau-père.

Cette situation devint le terreau de commérages pimentés.

Lucka et moi étions tombées sur ce couple un peu spécial alors qu'ils fauchaient la première herbe. La charrette était chargée. Šedina attela le cheval pommelé. Il souleva sa belle-fille pour l'asseoir sur le siège, bondit à ses côtés et, d'un claquement de langue, fit partir l'animal à faible allure.

Je questionnai Lucka du regard.

– Comment cela finira-t-il, marraine ?

– Tout est déjà fini, Hanule.

Je devais avoir l'air aussi intelligent qu'un veau devant un portillon neuf.

– Je ne vous comprends pas du tout.

– Qu'y a-t-il à comprendre ?

Elle ne s'emporta pas contre moi, comme je m'y attendais, elle était dans un de ses bons jours.

– Mais l'autre…

– Tu veux dire la roulure de Fráňa ? Oui, fille, chaque gars a un goût différent. Et la jeunette, elle tombait bien. En tout cas, juste à temps.

– Mais… on dit que le vieux ne supporte pas les femmes. Comment se trouve-t-elle chez lui ?

– Comme un coq en pâte.

– Mais… pourquoi ne s'est-elle montrée chez lui qu'au bout de six mois ?!

Je haussai le ton, de colère. C'était Lucka, bien sûr, qui me faisait enrager.

Là-dessus, la vieille ricana d'une façon qui m'exaspéra. J'explosai.

– C'est donc possible qu'on s'en aperçoive si tard ?

– Sûr, Hanule.

– Comment ça ?!

Je ne baissais pas les bras. D'ordinaire, les secrets de Želary étaient éventés dès le deuxième jour.

– Ils n'ont pas eu à crier sur les toits.

– Mais… comment ont-ils pu le cacher si longtemps ?

– Ils n'ont rien caché, dit-elle avec un air mystérieux.

Me faisait-elle tourner en bourrique ?

Nous marchâmes un instant en silence.

– Vous pensez, m'aventurai-je, vous pensez qu'ils vivent ensemble ?

Lucka poussa une sorte de hennissement :

– Puisqu'elle en est à son cinquième mois !

Mes genoux se dérobèrent.

– On ne remarque rien.

– Il te fallait mieux regarder. Et pour quelle raison crois-tu que le vieux l'a assise sur le chariot comme une poupée de porcelaine ? Cela aurait dû te frapper. La jeunette ne l'a pas aidé à charger. Elle était assise par terre à regarder le cheval brouter.

Il me sembla que Lucka soupirait.

– Il n'y a qu'un vieux gars pour avoir de tels égards. Et encore, certains seulement.

Jamais, même au jour du Jugement, je n'aurai les miraculeuses facultés de Lucka. Soit elle était douée d'une sensibilité exceptionnelle, soit… faut-il que je croie à la sorcellerie ?

25.

Il se passait quelque chose.

Azor aboyait l'alerte, des étrangers, isolés ou en groupe, passaient devant notre chaumière. Il sortait en courant vers eux pour, consciencieusement, les intimider. Quand ils disparaissaient, il revenait vers moi fêter sa victoire. Il me bousculait en remuant la queue et en lançant de rauques aboiements.

Azor était de caractère mélancolique. Lorsqu'il était grondé pour ses traces de pattes mouillées ou une autre bêtise, il se glissait tout penaud dans sa cachette, derrière le poêle. Il me fallait alors du temps pour l'attirer hors de là avec des flatteries, et pour qu'il vînt à nouveau se mettre en travers de mon chemin, levant vers moi son regard expectatif. L'incident était effacé par une caresse de ma part.

C'est moi qui lui infligeais toutes les punitions. Joza ne lui donnait jamais le moindre avertissement.

Je n'avais pas accordé grande attention au caractère d'Azor, jusqu'au jour où je lui fis tomber le fer chaud sur la patte. Il couina de douleur mais n'alla pas ramper derrière le poêle. Il me sautait dessus pour me demander pardon. Une punition aussi exceptionnelle devait être justifiée, et proportionnelle à son méfait peu défini mais assurément terrible.

La lumière se fit en moi.

J'assis le chien sur mes genoux, le traitai de vieille pelure et de fauve cabot morveux, c'était sa préférée, en caressant son pelage clairsemé et grisonnant. Comme preuve d'un renouveau de nos liens de confiance, je lui permis de me lécher le visage.

Ce qu'il fit en détail. Il tremblait de félicité et couinait. Dans un flot d'amour, avant même d'aller me laver, je lui jurai sur l'honneur que plus jamais, du moins par ma faute, il ne serait victime de l'inattention ou de la vanité des humains. Plus jamais je ne blesserais ses sentiments.

Je pensai à Joza.

Il me faudrait être attentive aux chagrins de mon homme.

Joza, comme je le disais, ne grondait jamais Azor. Dans ces moments où le chien s'ennuyait, ils jouaient tous les deux à « tire que je tire ». Le corniaud fourrait un chiffon plein de bave dans la main de mon mari et l'invitait à collaborer en aboyant. Puis il grondait de façon menaçante durant tout le duel. Joza l'eût facilement soulevé jusqu'au plafond en tirant la vieille chaussette mais, dans cette joute-là, Azor « menait le jeu ». Il en devenait fou. Cela n'eût-il dépendu que de lui, ils eussent tiré à hue et à dia jusqu'à tomber d'épuisement. À la fin, il était à bout de forces.

Parfois, ils se vautraient par terre. Joza, pour varier le programme, faisait semblant de gémir. Azor, affolé, arrêtait illico le combat et se précipitait sur le « blessé ». Soudain, Joza le renversait, puis le soulevait dans ses bras pour le lancer en l'air et le rattraper.

Exténué, Azor se couchait enfin et dormait quelques heures. Il me faut raconter aussi comment il devint « père ». Un beau soir, il revint de sa promenade avec un chaton beige roulant sur ses talons. Ils s'assirent devant moi alors que je reprisais les pantalons de travail de Joza, comme pour voir ce que j'en dirais.

Je ne dis rien.

Je soumis le chaton à un examen et vis que c'était un petit infirme. Queue sous-développée, pattes déformées. Le fait qu'il eût survécu était un de ces prodiges par lesquels la nature peut nous déconcerter. Azor se dévouait corps et âme à l'avorton. Pour jouer, il se roulait sur le dos et le laissait glisser sur son ventre. Naturellement, il dormait avec nous dans le lit. Contrairement au chien, il avait un sens raffiné de l'hygiène ; en revanche, il griffait les paillasses.

26.

La guerre se rapprochait de la frontière. Dans le pays, les nouvelles succédaient aux nouvelles. Et, comme les gens ne croient que ce qu'ils veulent, l'ivresse grandissait : l'Allemande ne sait pas qu'elle est une femme. La Tchèque est heureuse d'être une femme.

Tout d'abord, un groupe d'hommes de la brigade tchécoslovaque apparut brièvement dans le village. Ils ne firent que l'effleurer.

Ils parlaient de la traversée des Carpates, des champs de mines près de Dukla. Ils n'avaient qu'un seul désir : dormir. L'ordre était : « En avant ! », alors ils avançaient.

Pendant qu'ils défilaient, les femmes leur apportaient de petits balluchons de nourriture et des gourdes. Elles les étreignaient, les embrassaient. Elles entendirent de vagues mises en garde... qui se noyaient dans l'extase générale. Pas une seconde elles ne voulaient admettre que ce qui s'approchait, c'était la guerre.

Le chien s'affranchit de sa chaîne et aboie sa joie, sa liberté, son droit de vivre. Il n'a pas idée de la corde qui est déjà prête et qui, c'est une question de temps, trouvera son cou.

Fraternité de langage, de traditions, de symboles.

L'ennemi, devenu abstrait, est au bout du rouleau.

Ce n'est que justice. Le pays doit souffler un peu.

Quelques années s'écouleront peut-être avant qu'il ne se remette à trembler (la paix est toujours conclue pour l'éternité) sous une nouvelle violence, perfectionnée par de nouveaux moyens auxquels travaille fébrilement l'intelligence humaine.

L'humanité bondit comme le poisson qui, au moment de sa perte, s'arrache aux profondeurs pour apercevoir les cieux.

Želary, minuscule village, hameau d'ivrognes, de gueulards et de contrebandiers, était en plein émoi, car il avait pris conscience que le pas de l'histoire résonnait dans ses forêts et ses montagnes. L'histoire avec un grand H, particulièrement monumentale là où elle pue le cadavre.

Enfin, les Russes ! Ce sont tous des Russes, même ceux-là avec leurs yeux bridés. Sales, décimés, ce sont les nôtres.

On allumait de grands feux, on rassemblait les provisions sous le vaste ciel, on débouchait des bouteilles. Les hommes s'enseignaient mutuellement des danses inconnues.

Je ne me joignis pas aux impétueuses réjouissances, je n'y arrivais pas.

La boule de glace au plus profond de moi restait à sa place.

Je regardais de loin, Joza se tenait debout à mes côtés.

Le refrain d'une chanson qui, jour et nuit, retentissait dans les montagnes se gravait dans ma mémoire. Les soldats chantaient, le gramophone hurlait :

« *Vsio na sviétié tri-tra-vaa !*[1] »

Bientôt, le terrible sens de ces paroles fut percé à jour.

L'étincelle jaillit au bout du village, derrière la maison du garde forestier. Alenka Chovancová fut violée à cet endroit. Ses quatre frères, eux-mêmes un peu ivres, massacrèrent le violeur armé. Ce fut le plus jeune qui agit alors avec le plus de frénésie – il avait onze ans.

Žeňa Pazderová, sans homme dans sa chaumière, fut violée. Jiřinka, à moitié folle, courut comme une dératée autour des feux de la place du village, tomba à terre et se débattit, prise de convulsions. Un soldat ivre la souleva et, tandis qu'il

1. « Tout sur terre fout le camp ! » En russe dans le texte.

l'emportait, le prêtre de Želary l'arrêta. Il reçut une balle en plein cœur.

À la cure, Zuzanka Popelová, sa bonne, se battait, un couteau à la main. Si Azor n'avait pas été là, j'aurais pu, moi aussi, faire partie des victimes de viol. Le chien nous réveilla avec des aboiements forcenés. Joza se posta à la porte, une hache à la main. Devant lui, dans le noir, une ombre se dissipa.

Lucka eut droit à une expérience hors du commun.

Le soldat qui, au matin, avait fait irruption dans sa chambre vit une tête de fillette paisiblement endormie qui dépassait du duvet. Il arracha celui-ci et, contre toute attente, se fit casser le nez. L'outrage éveilla en lui une colère sauvage. C'était la première fois que Lucka perdait un combat et des bosses surgissaient sur son corps.

Ce fut alors que l'intrus aperçut ses longs cheveux gris défaits. Il dessoûla à l'instant même, tomba aux pieds de la vieille et serra si fort ses jambes dans ses bras qu'elle ne put plus bouger. Il embrassait ses pieds et les arrosait de ses larmes.

– *Mamasha ! Mamasha !* [1]

Il la souleva et la berça dans ses bras, la suppliant de lui pardonner. Il suffoquait de désespoir, impossible de le calmer.

– Arrête, imbécile ! lui dit la vieille femme quand elle en eut assez.

– *Ya Sacha !* [2] répondit-il sans cesser de geindre.

Une bouteille de *slivovice* instaura la paix. Au matin, les Juriga les trouvèrent profondément endormis. Lucka reposait sur la poitrine de Sacha comme sur un oreiller. Avant qu'elle n'eût suffisamment repris ses esprits pour s'en charger elle-même, ils l'avaient descendu.

C'était l'aube et Želary s'enflammait. C'en était fini de la fraternité. C'en était fini des libations. La colère soudait le village en un bloc. On décrochait les fusils des solives. On affûtait les haches et les couteaux.

Les soldats ne s'attendaient pas à une résistance. Jusque-là, aucun village ne s'était défendu. On en descendit une vingtaine

1. « Maman ! »
2. « C'est moi, Sacha ! »

auprès des feux presque éteints où ils s'étaient allongés pleins d'insouciance, somnolant ou se passant des bouteilles sans discontinuer. Coupables, non coupables, *vsio ravno* [1]. Avant d'avoir pu se reprendre, ils baignaient dans leur propre sang.

Le coup avait été si rapide et imprévu que les montagnards s'étaient emparés de quelques mitraillettes.

Les femmes nouèrent des balluchons et s'enfuirent avec les petits enfants vers les montagnes. Le bétail fut chassé des étables.

La guerre avait mordu dans le village et le dévorait comme une affamée. Les premières maisons brûlèrent. Les nouvelles du combat se déversaient dans la vallée comme une noire fumée.

Un groupe de femmes venues de Šádova Huť se faufila par les sentiers : Marenina Irča et ses demoiselles. Elles portaient sur leurs dos des paquets de draps et de couvertures. Ce qui, bien vite, s'avéra perspicace.

Le docteur Beníček vint avec sa voiture par un val quasiment impraticable. Il apportait avec lui tout son matériel.

Želary fut dépeuplé avant que les soldats se fussent organisés.

« *Guermanitsi !* [2] », tel était leur cri de ralliement. « *Guermanitsi !* », telle était leur justification.

Ils entreprirent de passer la forêt au peigne fin. Les balles de tireurs cachés dans les branches faisaient mouche. À Želary, tout le monde braconnait, les gars savaient viser.

Le feu balaya les chaumières en bois l'une après l'autre.

Ce combat inégal dura quelques jours. Le terrain montagneux ne faisait pas peur aux soldats. Ils connaissaient les insidieuses profondeurs de la forêt. Bien sûr, pas aussi bien que les gens d'ici. Des groupes isolés furent pris en embuscade mais l'avantage du début ne dura pas. La technique militaire l'emporta.

Le village fut réduit en cendres et de l'église ne restèrent que des murs entamés par les flammes.

Je travaillais avec le docteur et Lucka dans un hôpital de

1. Tous pareils.
2. « Les Allemands ! »

campagne, qui se transportait de place en place. Les toiles d'Irča servaient de brancards. Nous avancions vers le vieux moulin, cette ruine entourée de marais, le paysage de ma vision crépusculaire. Vratislav Lipka nous fit tous traverser à gué par un chemin insoupçonnable qu'il était le seul à connaître. Nous avons ainsi trouvé le refuge idéal.

Grâce au vieux moulin, quelques vieillards impuissants, douze enfants et cinq mères avec leurs nourrissons eurent la vie sauve. Ainsi que nous, les femmes de l'hôpital.

Le docteur Beníček ne resta pas. Il alla rejoindre les combattants. À ses côtés, Žeňa, froide comme la glace.

Il me faut mentionner aussi comment Lipka a emmené sa sœur Helenka. Il a dû l'attacher. L'enfant, qui voulait un fusil pour se battre, avait proféré des insultes pendant tout le trajet. Ce qui est remarquable, c'est qu'aucune de ces insultes ne se répétait. Même chez Lucka je n'avais noté une telle variété.

Des femmes de Želary se battaient les armes à la main, et deux d'entre elles, coureuses notoires, furent tuées : Běta Látalová, qui avait été quelques jours durant la maîtresse de mon homme, et Rozárka Jakubíková, la contrôleuse des chemins de fer de Šádova Huť.

Le docteur avait donné ordre qu'on nous apportât aussi les Russes blessés. Les gars n'avaient pas manifesté leur désaccord mais ne l'avaient pas écouté.

On achevait les blessés dans la forêt, à coups de *čekany*[1]. Une fois seulement, ils nous avaient apporté à titre de spécimen un soldat, un jeune garçon qui portait aux deux bras, du poignet jusqu'au coude, toute une série de montres-bracelets. Quand ils l'avaient déposé à terre, il ne respirait déjà plus.

Juliška Jurigová fut la seule femme qui flancha. Elle ne voulait pas se détacher de Pavel mourant, elle baisait ses mains, l'appelait par son nom, le conjurait de vivre.

Heureusement, elle s'évanouit en réalisant d'où venait le sang qui l'inondait et fut emportée dans un des draps d'Irča.

---

1. [Tchékany] Mot emprunté au turc, le tchékane ou tchakane désigne une arme formée d'un manche en bois ferré se terminant par une petite lame en forme de tête de hache.

Une nouvelle vague de militaires déferla, et parmi eux se trouvait un officier slovaque.

Ils l'amenèrent dans notre hôpital de fortune et lui expliquèrent la situation.

– Je ne comprends pas…

Sa voix le trahit et il ne put finir sa phrase. En revanche, il agit sur-le-champ, malgré une blessure sanglante à la poitrine que nous avions soignée à la hâte. Accompagné de moi et d'une femme de la Croix-Rouge que je ne connaissais pas, il alla trouver le commandant de l'unité soviétique. Il le ramena à l'hôpital.

– *Gdié Guermanitsi !* cria-t-il. *Guermanitsov nièt !* [1]

Après un échange bref et vif, les officiers furent convoqués et la trêve déclarée. Les mitrailleuses cessèrent de se hurler dessus.

Le silence se déposa sur le paysage comme une bâche sur un cadavre.

Les captifs du vieux moulin retrouvèrent la liberté. Je vis avec quel amour ces hommes en uniformes étrangers berçaient les bébés dont ils avaient tué les pères, comment ils répondaient par des babillages à leurs sourires sans dents et se laissaient agacer le visage. L'un des gradés eut un geste symbolique. Cet officier détacha sa décoration et l'épingla au maillot d'un enfant.

Alors arriva ce qui devait arriver, ce à quoi je m'attendais.

Ils apportèrent Joza. Lorsqu'il avait enfin avoué qu'il était blessé, il était trop tard. Je m'assis auprès de lui et posai sa tête sur mes genoux. Il me regardait et s'efforçait de me dire quelque chose. Je savais exactement quoi.

Dans l'atemporalité de cette dernière rencontre, je pris conscience que notre lien était rare. Je pris aussi conscience qu'ici, au milieu de ces montagnes, dans ce paysage de merveilles, j'avais vécu mon miracle personnel.

Je restai auprès de mon homme aussi longtemps que son cœur put battre. Ensuite, j'allai accomplir mes obligations. Ce

1. « Où ça, les Allemands ? Il n'y a pas d'Allemands ! »

ne fut qu'une heure plus tard que les ténèbres se firent devant mes yeux.

Azor mourut avant l'aube sur la tombe de Joza.

* * *

Des véhicules militaires nous transportèrent à Šádova Huť.

Želary était rayé de la carte.

Vsio na sviétié tri-tra-vaa.

27.

Je trouvai naturel de retourner à l'hôpital. Ils me reçurent avec embarras parce que j'avais laissé voir quel dégoût m'inspirait le rôle d'héroïne de guerre.

Quand, sur le mur de la salle de soins, j'aperçus la photographie que Slávek avait prise d'un paysage d'été au ciel immense, je m'évanouis.

Avec des égards sans ambiguïté, ils m'envoyèrent tout d'abord au service de neurologie, puis en psychiatrie.

Plus tard, j'appris en lisant mes dossiers que j'avais traité mes collègues de pseudo-savants et que je leur avais donné en exemple une villageoise qu'ils n'avaient jamais vue de leur vie. Je les avais aussi accusés de mépriser un homme qu'ils ne connaissaient pas non plus, leur avais reproché leur fatuité et leur manque de respect pour l'humanité, sans même expliquer ce que j'entendais par là, et j'avais rappelé à certains qu'ils n'avaient réussi leurs examens que de justesse.

Il m'avait fallu trois semaines pour me reprendre. Mais l'équilibre était fragile puisque je m'opposai, après ma sortie de clinique psychiatrique, à ce que Slávek eût une plaque commémorative à l'hôpital. Je soutenais qu'il ne l'eût pas souhaitée.

J'ai pourtant fini par m'en remettre. Je m'en retournai à ma profession et je revis Richard.

Il me parla de sa voix apaisante et profonde.

J'ai mémorisé des bribes de ce long discours.

– Il faut que tu t'en sortes… Tu dois vite oublier tout ça… Je sais combien ce fut difficile pour toi.

Le plus comique, dans toute cette tirade, c'étaient ces deux mots : vite et difficile. Je ne me fatiguai pas à lui expliquer que je ne voulais rien oublier.

– Je te comprends, Eliška.

Eliška ?

– Vraiment, je te comprends et je reste ton ami.

Il ne comprenait rien du tout et ne pouvait pas rester mon ami, puisqu'il ne l'avait jamais été.

Il avait insisté avec tant de courtoisie que j'acceptai son invitation à rencontrer sa femme. Il fut pris au dépourvu. Il s'attendait à un refus.

Il s'agissait, bien sûr, d'une autre femme, jeune et belle. Il avait laissé la précédente en Amérique avec ses fils.

Il me raconta comment c'était de par le monde. Il parlait avec retenue. Je crus comprendre que les médecins n'étaient pas meilleurs ailleurs, qu'ils avaient simplement des conditions d'exercice incomparables.

Quand il me parut gênant de ne parler qu'entre nous, je tentai de faire valoir mon misérable anglais. Il comprit et se mit à traduire. Sa femme faisait mine de s'intéresser.

Ce fut pour moi un choc d'un autre genre lorsque Zorka, l'amour de Slávek, me rendit ma montre en or, cadeau du président Beneš pour ma cérémonie de remise de diplôme. Slávek avait tenu parole.

Zorka ne me dit pas ce qui s'était passé ici pendant mon absence et je ne le lui demandai pas. Nous conservâmes nos souvenirs intacts.

Je gardais les cheveux longs ainsi que la coiffure de Žeňa, bien qu'elle fût peu confortable et demandât beaucoup de travail. On m'appelait « belle de glace ». Le mariage de Richard n'allait pas tarder à se disloquer, c'était clair. La jeune Américaine, choquée par la Tchécoslovaquie comme je l'avais été à l'époque par Želary, fit ses bagages.

Richard m'avait invitée à l'Hôtel Grand et il m'aurait suffi de très peu pour devenir sa troisième femme. J'aurais eu un mari attentionné, cultivé et peut-être même fidèle désormais. Nous nous connaissions bien et je savais que j'aurais trouvé chez lui soutien et compréhension.

Il est pourtant une chose qu'il n'aurait jamais acceptée.

S'il lui était arrivé de comprendre – ce qui eût tôt fait de se produire – que, dans ses bras, je pleurais Joza.

* * *

Je marche comme un soldat au rythme du tambour. Mon âme m'a abandonnée. Elle erre sur des versants montagneux et monte la garde auprès d'inutiles tombeaux.

CET OUVRAGE
A ÉTÉ TRANSCODÉ
ET ACHEVÉ D'IMPRIMER
SUR ROTO-PAGE
PAR L'IMPRIMERIE FLOCH
À MAYENNE EN AVRIL 2008

N° d'impression : 70903
Dépôt légal : avril 2008
Imprimé en France